KB096626

나 사용법

나 사용법

발 행 | 2022년 03월 04일
저 자 | 장형준
펴낸이 | 한건희
펴낸곳 | 주식회사 부크크
출판사등록 | 2014.07.15.(제2014-16호)
주 소 | 서울특별시 금천구 가산디지털1로 119 SK트윈타워 A동 305호
전 화 | 1670-8316
이메일 | info@bookk.co.kr

ISBN | 979-11-372-7431-0

나
사용법

장형준 지음

목
차

\#1

나

사
용
법

괜찮은 하루 16

오해 17

나이가 든다는 게 18

나는 운이 좋았지 19

3월의 바람 20

내가 하는 일 21

롤린(Rollin') 22

숙제 23

나이에게 24

이름을 모르는 아이 25

시간이 약 26

춘곤 27

멋진 밤 28

봄날 29

뮤지컬 배우 30

잼 31

소울(Soul) 32

시험 33

초심 34

치과 35

봄마중 36

선물 37

가뭄 38

내가 가진 장점 39

지나간다 40

부처님 오신 날 41

mbti 42

제2의 인생 43

병아리를 선물받는 꿈 44

공부법 45

기생충 46

핸드폰 47

트렌드 48

불행총량의 법칙 49

꽃봉오리 50

호불호 51•52

청춘시대 53

최선 54

열등감 55

고민 56

사춘기 57

포스트잇 58

기대 59

괜찮아 60

방문객 61

페르소나 62

달리기 63

일기예보 64

시시콜콜한 이야기 65

무기력 66

평가 67

내 맘 68

칭찬 69

행복 70

오늘의 내일 71

그날 72

첫인상 73

아이유 74

고인 물 75

만두 76

인형뽑기 77

못 78

시집 79

인생을 재밌게 사는 법 80

#2

너

사용법

알면 알수록 진국인 사람은 별로 82
여우 83
모국어가 좋은 사람 84•85
미워하기 86
손짓의 표정 87
따뜻한 배려 88
잔소리 89
결국, 노력이구나 90•91
에티켓의 정도 92
상식이 통하지 않을 때 93
잣대 94
근황 95
김밥 96•97
꽃집 98
타이밍 99
내리사랑 100
싹둑 101
오이비누 102

5월 103

측은한 마음 104

노력 105

샤워 106

우정 107

약속 108

여름밤 109

내공 110

자격 111

술 기운 112

아이폰xs 113

수능 114

손편지 115

대설주의보 116

성공의 법칙 117

졸업식 118

개화 119

#3

가
족
사
용
법

누나 121
믿음 122
그녀들의 20대 123·124
자전거 125
라디오 126
카레(어버이날) 127
우슬 128
불효 129
알레르기 130
사랑 그릇 131
멘델의 법칙 132
숫자 133
흰머리 134
인터뷰 135
셀카 136
2%의 불신 137
시소 138
낙엽 139
환갑 140
그림책 141
움켜지다 142

#4

우
리
사
용
법

선 144

대단하면서도 가벼운 145

추억은 분명 146

짝사랑 147

술 148

못난이 콤플렉스 149

낭만 150

침묵과 고요 151

고백 152

풍선 153

장소가 주는 힘 154

오래된 옷 155

화 156

사계 157

여름의 끝자락 158

썸 159

비누 160

이름 161

환절기 162

노래 163

낭만실조 164

해외여행 165

적당함 166

마음 167

가위와 실 168

라라랜드 169

작
가
의

말

새해 첫날 꿈이
거창하거나 위대하지는 않았지만
너무 디테일하고 재밌어서
꿈에서 깨자마자 꿈 내용을 기록했다.

꿈은 몇 시간만 지나도 잊히니깐
그런 단기 기억력을 갖고 있는 내가
뭐를 믿고 지나가는 하루를 기록하지 않았는지
문득 생각이 들었다.

성공한 사람들이 대부분 가지고 있는 습관이
*'기록하는 것'*이라 한다.
비록 지금은 나만 보고
그나마 블로그를 통해 몇몇의 사람들이
내 기록의 일부를 보지만

언젠가 내 기록들이 세상에 비치는 날이 오길
내가 가진 영향력이 더 많은 사람들에게 닿길
그런 마음으로 하루하루 기록하다 보면
나 또한 많이 다듬어져있겠지

지금은 비록 맞춤법 정도 다듬는 수준이지만.

나 사용법

괜찮은 하루

언제부턴가
사전적 의미와는 달리 내 마음을 숨기는데 써왔던
'괜찮다'라는 말에 솔직해지고 싶었다.
괜찮은 하루를 보내야 했고
괜찮은 사람들과 어울렸으면 했다.
이 정도면 괜찮은 하루였고
그 정도면 괜찮은 사람들이었다.
그렇게 '괜찮다, 괜찮다'를 반복하며
자꾸만 내 마음을 토닥이는 날이 늘어간다.
괜찮은 하루였다고
괜찮은 사람이었다고
그러니 '잘 자'라고

오해

그래, 내 마음 한켠에 있는 불편함들은
오해의 산물일지도 몰라,
내가 너를 오해한걸지도.
네가 나를 오해하고 있듯이
그렇다고 오해의 끈을 풀기위해
진솔한 대화를 나누기엔 그다지 가깝지 않은
그런 관계속에서 살아가고 있다.

나이가 든다는 게

문득,
참으로 사소한 것 때문에
연락이 뜸해진 내 사람들이었던 지인들이 떠오를 때 가 있다.
오늘은 군대 있을 때 내가 많이 의지했던 형이자
후임이었던 지인이 갑자기 생각났는데

나보다 먼저 꿈을 이룬 형이
합격 턱을 낸다며 서울로 올라오라 했고
난 머리를 식힐 겸 절대 가볍지 않은 마음으로
3시간을 넘게 버스를 타고 서울에 도착했다.

먹고 싶은 게 뭐냐? 라는 말에 망설임 없이
'곱창'이라고 했는데
결국 족발을 사줘서 그 후로 연락을 끊었지 뭐야.
나한테 곱창 하나 사주기 아까웠나? 그땐 그렇게 생각했지, 뭐
먹는 거에 너무나 크게 의미 부여한 나도 참.

그땐 어렸기도 했고, 상황이 먹을 거 하나에도 속상하면
울음이 툭 나올 때기도 했으니깐.

지금 내가 살았던 오늘은 그때보다 훨씬 나은 삶이었는데
웃는 얼굴 이모티콘을 곁들이며 '그때 왜? 나 곱창 안 사줬냐?'
하고 톡을 보내고 싶었는데 결국 오늘도 못했어.

참 어려워, 먼저 연락하는 거
어릴 땐 나의 가장 큰 장점 중 하나였는데 말이야
점점 내가 가진 장점들이 어려워진다는 게
내가 점점 나이가 든다는 거 같아서 조금 슬펐어.

나는 운이 좋았지

나는 운이 나빴지.
주변 사람들을 보면 참 쉽게
사랑하고, 이별하고, 또 일찍 성공하는 걸 보면서
참 많이도 아팠지.

나 자신이나 너한테나
적당히 사랑하는 법을 몰라
뭐든지 시작도 끝도 어려웠으니까.
누구보다 노력했기에, 운이 없어 실패를 겪었다고
당당히 말할 수 있었으니까.
이 모든 게 지금 돌아보니
나는 운이 좋았던 거였어.

나는 운이 좋았지.
적당히 사랑하지 못한 덕분에
결국 나는 건강한 몸과 마음을 가지게 됐고
너를 그리워하는 마음이 아직도 아련해
이 밤에 코끝이 찡해지니깐.

나는 운이 좋았지.
한 번의 행운이 아닌 몇 번의 실패가
나를 더 빛나게 해주니깐 말이야.
뭐하나 쉽게 얻은 게 없었기에
더 간절하고 애틋하니깐

돌아보니
나는 결국 운이 좋았더라.

3월의 바람

오전에 누나로부터 동영상 여러 개를 받았다.
조금씩 바깥세상으로 나오고 있는 조카의 모습이 담겨있다.
제법 멋진 노란 운동화를 신고 탐나는 가디건도 멋스럽게 걸쳤다.
일곱 발자국 정도 가고 나서 엉덩이로 풀썩 주저앉기를 반복하기
바쁘다.

바람소리가 잔잔히 들려오고
삐죽 솟아 오른 조카의 머리카락이 불어오는 바람에 흩날린다.
처음은 아니지만 아직까지 불어오는 바람이 낯선 모양이다.
눈을 감았다 떴다를 반복하고 비비기도 하고
그러고 나서 마지막에는 기분 좋게 올라가는 입꼬리.

기분이 좋은가 보다. 그 모습을 바라보는 나도 기분이 좋아진다.
태어나 처음 바람을 맞았던 느낌을 기억하진 못하지만
다소 낯설어 눈을 살짝 찌푸리지만
결국 입꼬리는 올라가게 되는
그런 느낌이 아닐까? 조카를 바라보며
나 또한 그때를 떠올려본다.

3월의 바람이 분다. 입꼬리가 히죽히죽 거려 온다.
태어나 처음 바람을 맞는 마음으로 새 학기를 맞이해보자.

내가 하는 일

임용고시를 준비하면서
유일하게 내가 허용했건 과소비는

다양한 스티커를 사 모으는 일.

하루는 스트레스를 풀긴 풀어야 하는데
밖에 나가긴 두렵고 그렇다고 자기에도 두려워
책상 서랍을 열어 스티커 뭉치를 꺼낸 다음
내가 정리한 노트에다 아까워 못 붙이고 모셔뒀던 것들을
과감하게 붙여 댄 적이 있다.
그리고 나니 거짓말처럼 스트레스가 풀리더라.

무질서하게 막 붙였던 스티커들이
하루하루 지나면서 나름 정돈되고
중요 부위에 붙어있던 스티커를 다시 보면서
중요 내용을 다시 한번 익히다 보니 스티커 효과를
적잖이 봤지 뭐야.

이 얘기를 학생들에게 해준 적이 있다.

나의 과거들이 과거로 흘러가 사라지지 않고
내 과거에 함께 들어가주는 아이들이 있기에
그렇게 귀 기울여 듣는 아이들의 눈이 반짝거릴때마다
자연스럽게 끌어올려진 내 과거들도 같이 반짝거리니깐
지금 내가 하는 일이 여러모로 나는 참 좋다.

오늘도 내일이 되면 흘러갈 과거일 뿐이겠지만
더 반짝거릴 수 있게 잠시 시간을 버는 거라 생각하면 뭐
이렇게 흘러보내주는 것도 나쁘지 않으니깐.

롤린(Rollin')

Rolling : 완만하게 경사진, 너울거리는

자신들이 얼마나 높은 곳에 있는지 인지하지도 못한 채
끝이 보이지 않는 완만하게 경사진 99계단을 오르느라 힘들었지.
가끔, 에스컬레이터를 타고 가는 사람들도 보고
심지어 수직 상승하는 엘리베이터를 타고 가는 사람들을 보면서
얼마나 가슴 앓이를 해왔을지 감히 상상을 해본다.

마지막 한 계단을 앞두고 운명처럼 주어진 기회를 도움받아
100계단을 올랐을 때 그제서야 바라본 풍경들을 통해
알게 된 자신들의 위치

많은 사람들이 수많은 기회가 와도 노력 없인 내 것인지 인지조차
못한 채 흘려보내고 만다. 셀 수 없는 눈물을 삼키며 노력해왔기에
기적처럼 온 기회를 절대 놓칠 리가 없다.
내 것임을 분명히 알기에,
사람들끼리 부딪히며 살기에도 힘든 세상에
바이러스까지 침범해 삶을 피폐하게 만드는 요즘이다.
그러한 세상에 너무나도 당연한 것에
우리는 지금 열광하고 있을지도 모른다.
노력한 자에게 기회가 주어진다는 사실을 말이다.
그리고 그 기회를 잡은 자의 웃음이
이토록 사랑스러울 수 있다는 걸,

그 어떤 영화보다 더 말이 안 되게 일어나고 있는 이 상황을 직접
보는 것만으로 남은 생을 조금은 더 열심히 살 수 있지 않을까? 우리들 모두
암튼, 나도 하루가 멀다 하고 롤링 인 더 딥♥

숙제

이름만 들어도 미루고만 싶고 하기 싫은 일
내 꿈을 이루는 과정은 숙제처럼 느껴지지 않았다.
보통 '숙제'라고 하면 하기 싫어서 억지로 하는 경우가 많았으니,
답 없는 문제를 풀면서 답을 맞히면 나에게 뭘 선물할까?를 기대하
며 하염없이 몇 년간을 풀고 있었다.
숙제가 아닌 문제들을

지금 나에게 모두가 요구하는 숙제가 하나 있다.
여기서 '모두'는 적어도 나를 사랑한다고 말할 수 있는 사람들이다.
나를 사랑하는 사람들이 요구하는 이 숙제를 내가 해야지만 그 사
람들이 행복하고 그 사람들을 만족시켰다는 사실에 나 또한 행복할
게 분명하다.
하지만 이번 숙제는 다르다.
모두를 만족시키기 위해 억지로 해야만 하는 그런 숙제가 아니다.
억지로 할 수도 없는 그런 숙제 하나가 있다.
숙제를 잊고 살아도 그만인 '나이'다.
뭐 평생 숙제를 못한다고 해도 그 누가 나를 질책하지도 않는다.
단, 안타깝고 또 안쓰러울 뿐이지.
지금 내가 생각하고 있는 이 일을 숙제라고 생각하는 거 자체를
바꿔야 한다는 것도 잘 안다.
숙제를 마친 사람들이 종종 이런 말을 건넨다.
'정답은 없어, 한 번 사는 인생이야.'
정말 정답은 없는 걸까? 정답이 없는 문제를 푸는 과정 속에서
정답을 맞히면 나에겐 어떤 보상이 주어질까? 정답은 없다고들 말
하는데 난, 없는 정답을 맞힐 수 있을까?
살아오면서 수많은 선택을 해왔지만
이렇게나 오래 고민하며 아직까지 선택을 못한 이 일에
이제는 좀 벗어나고 싶다.

'모두'가 아닌 나 자신만 돌아보며 현명한 선택을 할 수 있길.

나이에게

오늘 문득, 내 나이한테 미안해졌다.
지금까지 대견하게도 잘 자라줘서 지금의 나이가 됐는데
뭐만 하면 나이 탓만 하고 아무 잘못 없는 나이만 나무르고 있더라.
누구한텐 적디 적은 나이일 테고 또 누구한텐 많은 나이인.
분명한 건, 지금 내가 뭘 잘못한 것도 없는데
내 나이를 숨기고 떳떳하게 말하지 못하게 되었다.
지금도 이 글에다 떳떳하게 '내 나이 땡땡살' 하면서
마무리하고 싶지만
그러지 못하겠다. 꼭꼭 숨기고 또 가둬 둔 내 나이한테
또 한 번 미안한 짓을 해버리는 순간이다.
세월이 더 흐르고 누구한테나 많은 나이가 되어있을 때
그제서야 꺼내어 자랑스럽게 알릴게.
지금 나이까지 오느라 참 애썼다고 말이야.

이름을 모르는 아이

3년 동안 가르쳤는데 이름을 바로 말할 수 없는
졸업생한테 편지 한 통을 받았어
첫 인사말로 그 흔한 '안녕하세요'가 아닌,
*'쌤! 제 이름 모르시죠?^^'*였어.
그리고 마지막 줄엔
자기를 처음으로 칭찬해 준 선생님이라며 감사하다고 했어.
마지막 문장을 읽는 동시에 눈물이 흘렀고
마음이 너무나도 아팠어.
이렇게 아리고 미안하고 부끄러운 감정에 어쩔 줄 몰랐어.
나 또한 관심받는 학생이 아니었는데
그랬는데
그러면서도

하,

시간이 약

시간이 약이다.
딱히 누구의 조언이나 걱정도 필요 없을 때
온전히 나 혼자 떠안고 가야 할 무거운 짐에
숨이 막힐 때쯤 한숨처럼 터져 내뱉는 말.

춘곤

요 근래 몸이 한껏 긴장되어 있었네.
꼴에 운동 좀 한다고 입근육까지 경직됐나 봐,
웃지도 않고, 나다운 게 뭔지도 잘 모르겠지만
사뭇 낯선 내 태도에 나도 그리고 주변 사람들도
마음 쓰이게 했던 그런 기분 나쁜 긴장감에서
조금은 풀어져야 하지 않을까?
조금씩 가까워지는 봄날처럼,
다시 마음을 비우고 또 내려놓아 이 계절에만 느낄 수 있는
나른한 기운을 하루빨리 느꼈으면 해.

멋진 밤

그때 지랄 같았던 일들이
시간에 속아 지금 웃으면서 말할 수 있다고 해서
그때의 일이 아무것도 아닌 일이 될 수는 없는 거야.
그렇다고 뭐
또 그 이야기를 다시 꺼내어 회상하기엔 지랄 맞고
아무렇지도 그렇다고
아무것도 가 아닌 그런 날들을 떠올리기엔

멋진 밤.

봄날

'언젠가 나에게도 봄날이 오겠지'
그렇게 하루하루를 버티고 또 버티며
서른이란 나이에 맞이한 내 봄날.
정말이지, 찰나 같았던 행복한 순간이 지나고
밀려오는 두려움과 걱정들에 덮여
잠시 일 줄 만 알았던 숨어버린 행복과 기쁨들을
가끔씩 꺼내어 확인하며 살고 있는 지금.
그토록 기다리던 봄날이 왔지만
지독히도 지랄 같았던 겨울을 돌아보는
시간이 늘어나고, 그렇게 춥지만은 않았던 거 같고
아니,
어쩌면 찰나 같은 봄날을 기다리며 지내왔던
돌고 돌아온 몇 번의 겨울이 봄날이었을지도 몰라.
적어도
아무렇지 않게 흘려보내는 지금의 오늘들보다
그때의 오늘이 더 따뜻하고 애틋한 건 분명하니깐.

뮤지컬 배우

내가 뮤지컬을 보는 이유는
가장 자신이 사랑하는 일을 하는 사람의 행복한 표정을
바로 보여줄 수 있는 직업이라 생각하기 때문이다.
정말 세상을 다 가진 것 마냥 행복해 보인다.
그들의 속 사정을 잘은 모르지만
적어도 무대에서 내가 본 그들의 모습은 진정 자기가 하고 싶은 일
을 즐기고 있기 때문이다.

나도 어딜 가든 '교사'라는 직업이 내 천직이라 말하고 다닌다.
(심지어 첫해엔 학교를 '천국'이라 말하고 다녔다.)
우리 아이들이 내가 수업하는 모습을 볼 때
내가 뮤지컬 배우들을 바라봤을 때 느꼈던 감정을 느낄까?
하는 생각이 문득 들었다.
수업시간에 가끔 노래를 불러준다.
아마 그땐 분명 느꼈을 거 같기도 하다.

행복의 기준을 어느 순간부터 내가 아닌
우리 아이들에게 묻는다. *'쌤은 어때 보여? 행복해 보이니?'*라고
그럼 난 안도한다. 아직 잘하고 있구나. 아이들의 답에도 불구하고
잘하고 있는 건지 의문이 들 때 즈음에
난 거금을 주고 그들의 열정을 산다.

그 열정을 가슴에 품고 일상으로 복귀하곤 한다.

잼

참 소심했던 때가 있었지
작은 일도 어마 무시하게 부풀리는 능력
지독히도 몹쓸 병 같았던 내 소심함.
나와 달리 소심하지 않았던 사람들과 함께 어울리기 위해
털털한 척, 쿨한 척, 아무렇지 않은 척
수많은 척들로 나의 소심함을 덮다 보니
마치 내 마음은 유통기한이 한참 오래된 '잼'같더라고
투명 유리병에 담긴 새빨간 딸기잼.
겉으로 봤을 땐 맛있어 보이고 침샘을 자극하는,
자세히 들여다보니 곰팡이들이 하나, 둘 모여 어느새
내 마음 색과는 다른 하얀 점을 만들고 있더라.
곰팡이들을 건어내고 다시 잼을 먹기엔 찝찝하니깐
그렇다고 버리기에도 뭐해 계속 냉장고에 방치해둔 잼 말이야.
새빨간 잼 속에 핀 흰 곰팡이들을 드러내듯이
나와 어울리지 않은 사람들은
내 삶에서 건어내고,
털털한 사람들에겐 '소심하다'란 말로 정리되는 나 같은
조심스럽고, 늘 상대방의 기분을 생각하며 말하는
내 말로 인한 상대방의 기분을 늘 살피는 그런 사람들이랑만
새로운 잼을 만들어보려고
조금은 새빨갛지 않더라도
조금은 맛있어 보이진 않더라도
오래오래 조금씩 꺼내 먹을 수 있는 그런 잼을

소울(Soul)

영화 '소울'을 다시 봤다.
불꽃 하나를 찾아야지만 지구로 내려갈 수 있는 영혼들.
두 번 보는 영화인데도 불구하고 22호의 불꽃이 뭐였더라,
22호의 가슴을 뛰게 하는 열정, 목적, 꿈이 뭐였지...
분명 영화가 끝나가는 마지막에 눈물까지 훔쳤는데 말이야.
아무리 사람은 망각의 동물이라지만 좀 심했다 싶었어.
열정, 목적, 꿈을 찾는 게 이 영화의 포인트가 아니었다는 거
마지막 불꽃은 지금 내가 살아가는 동안 아무렇지 않게 마주하는거
란 거
학교로 출근하는 길에 하늘과 바다를 한 번에 볼 수 있고
어제랑은 또 다른 표정의 아이들을 매일 볼 수 있고
늘 곁에 있어 소중함을 매번 잊고 사는 가족에게 묻고 산다는거
내가 살아야지만 만날 수 있는 것들이
바로 내 마지막 불꽃이었다는 걸
또 새까맣게 잊고 살고 있더라고
소중한 내 하루들을 똑바로 바라보고
느끼면서 살아가야지,
열심히 마지막 불꽃을 찾아 지구로 내려와
내가 된 영혼에게 부끄럽지 않게 말이야.

시험

살아오면서 수많은 시험을 봐왔다.
부담이 적은 시험부터 인생을 건 고부담 시험까지
내 노력의 과정과 정반대의 결과를 가져다준 시험을
몇 번 치르고 나니 알겠더라고.
노력만으로도 안되는 게 있구나.
운이 필요한 거구나
난 매번 운이 없었고 지독히도 피폐해져 갔던
그렇게 모든 이유를 운 만 탓했던 시절을 살았었지.
그렇게 피폐했던 삶 속에서도
나를 믿어주던 사람들 덕에 끝까지 놓지 않다 보니
결국,
내 노력의 과정이 드디어 빛을 보게 된 시험을 마주했고
치르고 나니 알겠더라고
노력으로 안되는 건 없구나.
내게 없었던 건 운이 아니라,
천금 같은 기회를 알아채지도, 낚아채지도 못하는 능력이란 걸
그런 능력은 오로지 노력 끝에 얻게 된다는 것도
노력 끝에 마주한 기회를 단번에 알아채고
낚아채 모든 세상 소리가 아름다운 멜로디처럼
들리는 그러한 순간을 맞이할 수 있길.

초심

나는 초심을 잃었다.
다른 누군가로부터 다시금 찾으려 했던
입버릇처럼 내뱉는 그 '초심'이란 게 뭘까?
설레임, 감사, 소중함? 아니면 열정?
이것들은 그래도 살아가면서
문득문득 스며들었잖아.
그럼 뭐 때문에 이리도 초심 타령을 하는 걸까?
그래, 절심함.

나는 절심함을 잃었다.

치과

오복 중 하나인 치아만큼은
나에게 준 선물 같은 복이었다.
타고남이 주는 안일함에 결국 방치하기 쉬운,
며칠 전부터 뜨거운 걸 먹으니 이가 시리더라.
보통 찬 것에 이가 시린 편인데, 알아보니
뜨거운 것에 이가 시리면 좀 더 심각한 상태라는 글을 봤다.
두려웠다.
다 큰 어른이기에 신경마취 후 받는 치료는
하나도 무섭지 않았다. 내가 두려운 건
갑자기 예상치도 못하게 깨지는 돈이었다.
한두 푼 들어가는 게 아니란 걸 알기에,
타고난 복한테 뒤통수를 세게 맞을 뻔 했지만
한 번 더 나에게 기회를 주더라고.
별 이상 없다는 의사 선생님의 말.
스트레스 받지 말고 진통제 며칠 먹어보자는 말.
'요즘 스트레스 받는 일 있었어요?' 라는 의사 선생님의 말에
잠시 고민하다, 이게 나한테 진지하게 고민하라고 던진 질문이
아니란 걸 순간 깨닫고, *'네! 조금...'* 이라고 얼버무렸다.
스트레스로 인한 일시적 통증이길 바라는 내 마음을 담아.
나도 잘 모르겠는 내 스트레스를 풀어주고
타고난 이가 나의 소홀함에 서럽지 않게끔
양치도 구석구석 천천히 잘하고
치실도 하루에 한 번은 꼭 해주자.
그래도 간혹 소중함을 잊고
똑같은 실수를 반복할 수 있을 테니,
이를 대비해 치과 가는 게 두렵지 않게
돈이라도 열심히 모아두는 걸로 하자.

봄마중

'봄이 오긴 왔나요?'
점점 해가 바뀔수록,
나에게 오는 봄을 마중 나갈 여유가 없어진다.

분명,
시간의 양으로 여유를 정의한다면
나에게 주어진 여유는 어마한데 말이야.
아무래도 난,
여유를 마음의 양으로 정의 하나보다.
봄을 마중할 마음의 양이 부족하다.

불과 몇 년 전만 해도
내 눈앞에 펼쳐지는 마스크 없는 새 학기 풍경에 봄이 왔음을 알았
고, 내 귓가에 들리는 봄나들이 나온 사람들 소리에 봄이 왔음을 알
았고, 내 두볼에 부딪히는 봄바람이 주는 싱그러움에 봄이 왔음을
알았고, 내 코에 퍼지는 달달하고 쌉쓸한 쑥 내음에 봄이 왔음을 알
았는데

풍경도
소리도
싱그러움도
쑥 내음도
예전보다 못한 건 사실이니까

내 마음먹기에 달린 것도 있고 그렇지 못한 기후변화 탓도 있고 지
랄맞은 바이러스 탓도 있는 거지 뭐,

봄 마중은 놓쳤으니
다가오는 여름을 마중 나갈 준비를 해야겠다.
내 마음부터.

선물

오래간만에 찾아온 평일 휴일을
어떻게 보내면 후회 없이 알차게 보내지?
며칠을 고민했다. 친구들을 만날까?
조심스레 다른 동네를 구경 가볼까?
친구들을 만나는 것도, 다른 동네 구경 가는 것도
다 좋았겠지만,
소중한 하루를 알차게 보내기 위해
많은 고민을 하는 것도 물론 다 좋지만

너무 애쓰지 않아도
내 하루는 충분히 행복할 수 있고
행복은 먼 곳이 아닌, 가까운 곳에 있다는
조금은 진부하지만 진부해서 놓치게 되는
훌륭한 교훈을 얻게 되는
한편의 영화 같은 하루를 선물 받았지 뭐야.

가뭄

지금은 기억도 안 나는 일에
하루 종일 끙끙 앓고 고민했던 걱정을
내 소울메이트에게 털어놓은 적이 있다.
그 당시 우리나라는 가뭄 때문에
'**농부들이 힘들어한다**'라는 뉴스가 자주 나왔었다.
내 시시콜콜하다 못해 재미까지 없었던
그런 걱정들을 듣고 소울메이트가 한말이
지금도 작디작은 걱정 앞에 무심하게
툭 웃어넘길 수 있는 힘이 되어주고 있다.

'*차라리 가뭄 걱정을 해라! 이놈아!*'

내가 가진 장점

오빠!
오빠의 가장 큰 장점은 어떤 경험이든 ,
오빠를 자라게 하는 자양분으로 삼는다는 거야~
그리고 다른 사람의 이야기도 오빠 마음의
자양분이 되도록 잘 해석하고,
곧게 받아들이는 거야^^
그래서 늘 이야기 들을 때마다 어느 부분이든
성숙해 가고 있구나!느껴~ 살아있다는 거지,
장형준!

지나간다

모든 것은 지나간다.
슬픔도, 고통도, 환희도,
심지어 추억들도 지나가 잊혀진다.
지나가는 것을 애써 붙잡으려고도 했고
하루빨리 지나가주기를 기도 한 적도 있다.
내가 어쩔 수 없는 것들에
참 많이도 안절부절했던 그 시절에
조금만 더 일찍 깨달았더라면
조금은 편했을텐데

부처님 오신 날

며칠 후면 부처님이 오신 날이다.
등마다 바라는 소원과 자녀, 손자, 배우자 이름
석 자를 적는다.
그렇게 등을 달면 1년 동안 스님들이
기도를 해주신다.
올해도 작년과 같은 소원들을 적어 등을 달아야지.
100일 동안 수많은 사람들을 위해 기도하시는
스님이 아프셔서 내 이름을 빼먹고
그냥 지나가는 일이 없길,
건강한 마음으로 내 이름을 빼먹지 말고
꼭 기도해 주시길.
내 기도빨이 부처님에게 닿기에 한참 모자랄 테니
난 스님의 건강을 기도해야겠다.
내 기도빨이 스님에겐 닿기를.

mbti

각자 다른 mbti 유형을 가진 넷이 한자리에 모였다.
서로의 mbti를 물어봄으로써 대화는 시작되었고
내가 느끼고 있는 상대와 그가 말하는 자신의 mbti를 비교해보면
서 맞는 것에 박수를 쳐가며 공감했고, 조금은 다른 면도 있음에 재
밌어했다.

나는 '*재기발랄한 활동가*'
enfp 중에서도 끝에 't'가 붙는다.
자신의 행복의 기준을 자신이 정하는 enfp!
't'가 붙음으로써 과거에 유난히 집착하는
조금은 덜 행복한 enfp가 돼버렸다.
끝에 a가 붙었으면 했다.
과거에 집착하지 않으며
걱정이나 후회에 큰 영향을 받지 않고
인생을 살아가는 ,
어떻게든 고민을 해결하려고
아등바등하는 게 아닌
스트레스를 처리하는 데 있어 조금은 유연한

노력해서 바뀔 성격이 아니란 걸 알기에
enfp-t가 가진 장점을 잘 활용하면서 살기로 하자.
충분히 고민하고 스트레스에 반응하면서
나도 모르게 성장하고 있는 모습을 바탕으로
나만의 지침서를 잘 정리해보자.

제2의 인생

여태껏 '끝'만을 생각하며 달려왔다.
내가 바라던 꿈을 이루기 위해
뒤도 안 돌아보고 목표지점인 끝만을 바라보며
그 끝을 맛본 짜릿함에 비해
맛보고 나서의 공허함은 너무나 크게 다가오더라.
이제부터는 끝이 아닌 '시작'을 돌아보며 달려보려고
꿈, 목표 이딴 거 다 버리고
이제 곧 내 두 번째 인생이 시작될 거란 설렘만을
그리면서 말이야. 그리고 이왕이면 내 두 번째 인생에는
항상 재즈가 흘러나오길.

병아리를 선물받는 꿈

가까운 곳을 가더라도 가야 할 곳, 먹어야 할 음식 등을
하나하나 야무지게 계획해서 가는 스타일이면서도
오늘 같이 갑자기 성사된 만남이 성공적인 날은 마치,
벼락치기해서 100점을 맞은 기분이라 더 신나는 거 같아요.
가끔, 제 삶에 노력 없이도 이런 꿀잼 같은 하루는 서프라이즈 선물
같은 거겠죠?
어제 병아리를 선물 받는 꿈을 꾸고 눈뜨자마자 꿈해몽을 봤는데
소소한 행복을 가져다준다고 했거든요. 정말이지, 소소하지만 벅찬
일상을 선물 받았네요.

공부법

나만의 공부법 중 하나
공부하는 데 있어 가장 중요한 건
뭐니 뭐니 해도 잡생각을 날려보내는 것이다.
공부를 한다는 건 잡생각과 끊임없이 싸워야 하는 거다. 소심하면
할수록 공부하는데 더 많은 에너지를 투자해야 한다. 멘탈이 강한
아이일수록 공부를 잘할 수밖에 없다.
생각이 행동보다 앞서서는 안된다.
반드시 행동이 생각보다 앞서야 한다.
마음속으로 *'잡생각 하지 말자!'* 라는 생각을
밖으로 내뱉어야 한다. 이왕이면 좀 더 임팩트 있게 말이다.
그래서 내가 선택한 단어는 *'STOP!(스탑)'* 이다!
말뿐만 아니라 행동도 함께해 주면 더 효과적이다.
머리 위로 엄지와 검지를 있는 힘껏 소리가 딱! 나게끔 부딪혀주면
서 그렇게 하루에 수백 번 스탑을 외쳐가며 잡생각과 싸워왔다. 그
렇게 내 청춘 하루하루를 버텼다.

대견한 나다.

기생충

누구나 계획을 가지고 산다.
그 계획을 성공했느냐, 실패했느냐로
나만의 피라미드가 만들어진다.(적어도 이 영화에선)
성공하는 건 쉽지 않다.
대부분의 사람들은 실패한 두 가족에게
포커스를 맞추고 대환장파티였던 마지막 기택의 행동에 어느 정도
는 고개를 끄덕일 수도 있다.
이 모든 게 사회 구조적 문제로만 너무 쉽게
귀결시킬 수도 있다는 게 걱정스럽다.
영화에선 계획을 성공하기까지의 디테일은 보여주지 않는다. 물론,
이 사회가 가지는 구조적인 문제도 인정하는 부분이다. 하지만 적
어도 우리 아이들만큼은 머같은 시스템을 탓하기 전에
성공하기 위한, 성공한 사람들의 과정에
초점을 맞추어 살아갔으면 한다.

핸드폰

비싼 스피커도 있고,
비싼 카메라도 있다.
이 제법 값나가는 물건들도
내 손안에 들어오는 작은 핸드폰 앞에선
크게 빛을 내지 못한다.
이 작은 핸드폰이 주는 편리함을
그 어떤 고귀함과 고성능 그리고 감성마저도
이길 순 없다.
점점 우리는 편리한 것을 찾는다.
달리 말하면 점점 귀찮아진다는 거다.
점점 변해가는 사람들의 심리를 이용해
작은 핸드폰 안에 참 많은 것들을 집어넣는
기업들이 살짝 야속하기도 하고
또 어쩔 때는 모든 사람들이 핸드폰이 없었으면 해.
옛날이 그립다는 얘기지 뭐,

아이폰13 존버.

트렌드

요즘 트렌드가 딱 내 학창 시절 감성이다.
어떻게 보면 난 참 운이 좋게 좋은 연도에 태어나
그때의 감성을 적절한 시기에 즐겼고, 또 지금
가장 젊었던 그날의 감성이 다시금 꺼내어지고 있으니 말이야.
어릴 적 즐겨듣던 노래들, 지겹도록 입었던 폴로 랄프로렌 pk
티, 그리고 우리 아빠가 꼬맹이였던 나와 누나를 남기기 위해 샀던
필름 카메라도....이 모든 게 지금 다시 불러지고 입혀지고 또 쓰여
지고 있다는 게 새삼 신기해.
내 또래 친구들의 나이대를 과도기라고들 많이 얘기하더라고, 부모
세대와 그리고 지금 젊은 세대와의 애매한 그 중간.
그래서 힘든 것도 많은 내 친구들,
그래도 우리의 감성은 돌고 돌기도 전에
이렇게 지금도 트렌드가 되고 있잖아.
그 감성은 우리 편이니깐, 힘내자.

불행총량의 법칙

모든 사람에겐 불행의 양이 정해져있고,
그 양은 너나 나나 같다고 굳게 믿으며 살고 있다.
나보나 지금 그 또는 그녀가 행복해 보인다면
더더욱 불행총량의 법칙을 다시 한번 적어본다.
이러한 법칙에 단, 조건이 붙는 걸 잊으면 안 된다.
단, 자신이 감당할 수 있는 불행의 양은
너나 나나 서로 같지 않을 수도 있다.
내 앞에 다가올 모든 불행에 조건 따위 붙지 않게끔
다가올 불행 따위에 법칙을 잊은 채 휘둘리지 않도록
마음을 더욱 딴딴하게 만들어야겠다.

꽃봉오리

꽃이 되지 않아도 좋으니,
그저 꺾이거나 시들지만 말아라.
나 아닌 다른 누군가의 손짓에 움츠러들지 말고
괜히 타인의 행복에 기죽어 속상해하지도 말아라.
그렇게만 버텨준다면 언젠가 꽃을 피우리라.
설상 꽃을 피우지 못하더라도 슬퍼 말거라.
이미 활짝 핀 꽃보다 아직 시작도 안한
꽃봉오리로만 어우러진 다발을 사 가는 사람이
많다는 사실을 잊지 말아라.

호불호

난 호불호가 확실한 편이다.
좋은 건 좋은 거고,
싫은 건 싫은 거다.
또 그걸 드러내는 데 있어 거침없는 편이다.
호불호가 확실하다는 게 장점이 될 수 없다
생각했다. 아니, 정확히 말하자면 호불호를
거침없이 드러내는 게 말이다.
지인과 오랜만에 만나 밥을 먹다 우연히 지인이 추천해 준 식당에
서 밥을 먹었던 얘기를 나누었다.
지인과 나의,
그날의 추억은 전혀 다르게 적혀있었다.
나는 단순히 그 식당의 분위기가 산골에 위치해
있어서 좋았다는 거였고,
그 지인은 나로 인해 자신을 다시 한번 돌아보는
계기가 되었다고 했다.
지인은 호불호가 확실히 있는 것도 아니었고,
설상 불호가 있다 하더라도
절대 상대방에게 드러내지 않으려고
애를 썼다고 했다. 상대방의 기분이 상하지 않게끔.
몇십 년 그렇게 살다 보니 한편으로는 자꾸 자신을 속이는 거 같은
느낌이 들었다고
그런데 그날 내 모습을 보고
'이럴 수도 있구나!' 하고 느꼈다 했다.
분명 자신이 추천해서 온 식당인데,
아! 저 사람은 저렇게 불호를 나한테 직접적으로
표현하는구나! *그런데, 왜 기분이 하나도 안 나쁘지?*
그날부터 조금씩 불호를 표현하되,
최대한 상대방의 기분이 상하지 않게 말하는
연습을 해왔다고 나에게 말했다.
어쩌다 운이 좋게

이 상황에서만 적용되었을 수도 있다.
어쩌면 불호를 숨기고 모든 것에 호로 반응했던 내가
지치다 못해 조금씩 표현하면서 최대한 상대의 기분이 상하지 않게
끔 표정과 손짓 그리고
내 말투와 톤들이 엄청난 노력을 했을거다.
이런 노력들이 노련해 보였을 때,
내가 사람들과의 관계에서 살아남는 법을
하나하나 터득할 때,
누군가 내 방법을 알아봐 주고 배우려 할 때,
이러한 것들이 지금의 나를 있게 한 거겠지,
그래서 결론은 말이야.
난 '호'라고! 내가!

청춘시대

내 청춘은 '서른'부터라고 말하며 다녔다.
하나의 목표를 이루기 위해 앞만 보고 달려왔던
내 20대 시절은
화려한 청춘을 위해 그저 준비해 온 시기였다고
그 시절 내가 느꼈던 감정, 노력, 웃음들이
아무런 의미가 없던 거처럼.
꿈을 이룬 후부터가 진짜 '나'라며
이제부터 내 청춘열차는 출발이라고.
그런데, 요즘
많이 아팠던
지독히도 외로웠던 내 20대를 자꾸만 돌아본다.
희대의 개소리 중 하나라고 느꼈던
*'아프니까 청춘이다'*란 말에
20대에서 훌쩍 멀어진 지금에서야
고개를 끄덕이고 있다.
진짜 아플 땐 청춘인 줄 몰랐는데,
아픔을 견디고 이겨낸 후에야
비로소 그게 청춘이었다고
알게 되는 게 청춘인가 보다.
나의 청춘시대는 이미 지나갔다.
앞으로는 조금만 아프고, 조금만 외로웠으면 좋겠다.

최선

'모든 일에 *최선을 다하자!*'
어릴 적 좌우명을 적으라면
망설임 없이 적었던 문구였다.
어릴 땐 좌우명으로 삼을 만큼
자신이 있었고 해낼 수 있을 거라 생각했던 저 말이
지금은 왜 그렇게 힘이 들고 자신이 없는지
어릴 적 나에게 일어날 수 있는 모든 일의 무게가
지금과는 비교할 수 없을 만큼
가벼워서 쉽게 생각해서일까?
아니면,
달라진 건 모든 일의 무게가 아니라
내 마음의 무게인 걸까
모든 일은커녕 주어진 일 조차
최선을 다하지 못하고 있는 요즘
다시 한번 적어본다.

열등감

'아들러'가 말했듯이
사람은 누구나 열등감을 가지고 있다.
그 누구나에 나또한 당연히

누구나 가진 열등감을
언제 그리고 어떻게 쓰냐에 따라
anyone(누구나)에서 only(유일한)으로
바꿀수 있다.

많은 사람들이 열등감을 극복하지 못한 채
흔한 '누구나'에 속해
목적지 없는 바다를 허우적 거린다.
간혹, 열등감조차 없어 '누구나'에도 속하지 못한채
바다가 아닌 자기만의 유리병 속에 갇혀있기도 한다.
일단, 내가 유리병이 아닌 바다에 있고
없다고만 믿었던 목적지가
잠시 안보이는 것뿐이라는
생각이 조금이라도 든다면 그것만으로 충분하다.

지금부터,
내가 가진 열등감을 남들한테 보여주자.
바다에 허우적 거리는 나를 좀 잡아달라고 말야
좀 도와달라고! 내가 목적지에 도착할 수 있도록!
조금만 도와주면 나머진 내가 다 극복하겠다고
어떻게든 '유일한' 내가 되어보겠다고.

고민

내가 지금 하고 있는 이 고민을

내일도 하고 있을지,
일주일 후에도 나를 힘들게 할지,
한달이 지나면 기억이라도 할런지,

내일이면 대부분 사라지는
이 하찮은 고민들로 하루 끝을 망쳐버리는
이 하찮고 가엾은 사람아.

잊지말고,
기억하자.
깃털 그 이상도 이하도 아닌
고민이 가지고 있는 그 가벼움을

사춘기

아직도 기억하고 있는
고등학교 졸업식 날.
내 고통에 비해 너무나도 짧았던
졸업식을 마치고 집으로 혼자 걸어가면서
3년 내내 하고 싶은 말,
하지 못했던 수많은 말들을 바람에 날려보내고
끝내 날아가지 못한 채
남아있는 말을 밖으로 내뱉었다.
지금까지 정말 잘 버렸네, 나.
후회 없지? 정말 열심히 했으니깐.
정말 수고했다.
내가 나한테 했던 말 중
가장 무거우면서도 진지하게
나지막이 던졌던 그 말.
*'힘내!'*란 말에 화가 나고
*'수고했어!'*란 말에 힘이 났던
조금은 뾰족했던 내 사춘기가 떠오르는 밤.

포스트잇

지금 당장 내 책상 주변을 둘러보자.
그 어떤 포스트잇 하나 붙어있지 않다면
지금 당장 펜을 들고 포스트잇에다 적어보자.
무엇을 적어야 할지, 오늘이 가기 전에
생각하고 또 생각해 보는 거야.
그렇게 무언가를 결국 적었다면
그것만으로 별 볼일 없던 오늘 하루에게
덜 미안해해도 돼.
그렇게 내일도 모레도 무언가를 적다 보면
내 하루에게 미안하기는커녕, 당당해질 거야.

기대

살면서 어처구니없는 실수를 한 적이 있다.
첫 번째 실수는
아직도 말하자면 가슴이 아려오고,
두 번째 실수는
쓴웃음을 지으면서 말할 수 있다.
그러한 두 번째 실수를
소울메이트에게 말한 적이 있다.
그러자 자신도 나와 똑같은 실수를 했었다며
그 당시 바닥까지 내려갔던 내 자존감을
스스로 일어서게 만들었다.
서로 기대치가 달랐기에
누군가에겐 인생 최고의 실수가 되고
다른 누군가에겐 그냥 하나의 해프닝이 되어버린다.
모든 문제는
*'기대'*의 가치로부터 오는 게 맞는 거 같다.
'그대는 내가 아니다. 추억은 다르게 적힌다.'
이소라의 *'바람이 분다'*라는 노래 가사에도 그렇듯이
사랑도
실수도
이별도
행복도
추억도
다 내 기대 탓이다.

괜찮아

흔들려도 괜찮다
넘어져도 괜찮다
돌아가도 괜찮다
뒤쳐저도 괜찮다
다 괜찮으니깐
무너지지만 말고
주저앉지만 말고
도망치지만 말고
포기하지만 말자

정말 괜찮으니깐.

방문객

사람이 온다는 건
실은 어마어마한 일이다.
그는 그의 과거와 현재와
그리고
그의 미래와 함께 오기 때문이다.
한 사람의 일생이 오기 때문이다.
정현종 시인의 '*방문객*'이란 시가
사무치게 떠오르는 밤이다.
사람은 살면서 흘릴 눈물의 양이 정해져있다며
모든 눈물을 다 쏟아냈기에 지금 내가 천국에
와있다고 말해주는 사람들과
나의 힘들고 지랄 같았던 경험들을 부럽다고 말하며
내 힘든 날들을 다시 한번 빛나게 해주는 사람들과
함께였던 그때가 그리고 그 사람들이
그리고 그때의 내가 아련한 밤.

페르소나

내가 오늘 쓰고 간 가면이
누군가에게는 맘에 들었고
또 누군가에게는 별루였던 오늘
내일은 모두가 맘에 들 수 있게
더 나은 내가 되기 위해
어제의 가면을 버리고
새로운 가면을 고르다 지쳐 잠이 들겠지
그러다
갑자기 가면이 벗겨진 하루를 만나면
하염없이 울어버리곤 했지
그 모습이 내 진짜 모습인줄도 모르고 말야.

달리기

하루를 시작하고
하루를 끝내는 일
하루 두 번의 달리기가
내게 주는 변화들.
매일 두 번이나
뭔가를 해냈다는 성취감을 맛보게 한다.
내 두 다리, 두 팔로
바람을 가로질러 앞으로 나아갈 수 있음에
감사하고
빠르게 뛰는 심장에 맞춰
숨 쉬는 법을 깨닫게 해준다.
달리기가
나한테 주는 것은
실은 어마 무시하다.

일기예보

날씨 따위가
내 마음을 들었다 놨다 하는게
화가 난다.
비가 오면 우산을 쓰고
눈이 오면 툭 털어 내고
바람이 불면 한번 휘청거려주고
다시 걸어가다보면
내 마음은 털끝하나 다치지 않을텐데
비, 눈, 그리고 바람은 내 의지와는 달리,
내 몸으로 스며들어 마음을 흠뻑
휘집어놓고 언제 그랬냐는 듯
혹 떠나갔다 다시 돌아오길 반복한다.
일기예보 따위는
관심도 없었던
내 마음이 가장 씩씩했던
그때로 다시 돌아갈 수만 있다면

시시콜콜한 이야기

시시콜콜한 이야기를
할 수 있는 상대가 점점 줄어든다.
시시콜콜한 이야기들이
허공에 흩날린다.
바람과 함께 사라지거나
어둠에 묻혀버리는
그 누구도 들어주지 않는
내 시시콜콜한 이야기들을
가지고 사는 나는 사실,
시시콜콜한 이야기를
그 누구에게도 들려주고 싶지 않은
이상한 어른일 뿐.

무기력

부스터 샷을 맞았다.
백신으로 인해 느끼는 신체적 무기력

요 근래 입버릇처럼
'요즘 내 삶은 무료해, 무기력한 거 같아'
라는 말을 많이도 뱉었었다.
내가 느끼는 무기력함은
백신으로 인한 신체적 무기력함에 비하면
너무나도 하찮고 가벼웠다.
기적같이 우리 반이 축구 우승을 했고
그녀로부터 *'교사로서 더할 나위 없다'*란
소리도 들었고
백신으로 인한 무기력함도 이제 끝난 거 같으니
다시 더할 나위 없는 삶을 살아보자.

평가

누군가를 평가하고
누군가로부터 평가받는 직업
1년에 한번
내가 평가를 하던 아이들로부터
평가를 받는다.
수많은 당근과
몇 번의 채찍으로
조금은 성장하는 내가 되길
수많은 당근으로 너무 배불러 하지 말고
몇 번의 채찍으로 너무 아파하지 말길

내 맘

어렸을 때 친구랑 다투면
*'내 맘이다! 내 맘이야!'*라고
유치하게 자주 싸우곤 했다.
지금은 그 유치함이
참 대단하다.
내 맘이라고 저렇게 뻔뻔하게
말할 수 있던 그때가
정확히 내 맘이 뭔지를 알 수 있었던
그때가 말이야.
나도 내 맘을 잘 모르겠는 요즘
세상 유치하게, 시원하게 내뱉고 싶은 말.
'내 맘이야!'

칭찬

교복을 벗은 이후로
칭찬을 받은지가 언제였을까,
교사가 된 지금 받는 게 아닌
아낌없이 줘도 모자를 칭찬을
나는 잘 하고 있을까?
받는 것도 그렇다고 주는 것도
뜨끈미지근한 요즘,
생각지도 못한 곳에서
생각지도 못한 사람한테
칭찬보다 좀 더 과한 극찬을 받았다.
종합건강검진 결과를
의사선생님으로부터 들었다.

*'흠잡을 데 없이 건강하다'*라는 말
*'지금처럼만 사세요'*란 말

이렇게나
기분 좋고 벅차오르는 칭찬을
너무나도 오랜만에 받았다.
선생님이 된 지금,
의사선생님으로부터

행복

'행복해져야지'
말고,
당장 행복해지자.
조금의 미래에서도
만나게 해서는 안돼,
조금도 미루지 말자.
내 행복을,

오늘 할 일을 내일로 미루더라도
오늘 가질 수 있는 행복을
절대 내일로 미루지 않기로 하자.

오늘의 내일

내일의 첫 시작이자
가장 어두운 밤까지
내 눈커풀이 버티기엔 벅찬 나이다.

오늘의 내일은
조금은 특별하기에
버티고 버텨보지만 쉽지 않은 싸움이다.

나도 한때는
제야의 종소리를 시작으로
1월 1일을 뜬눈으로 보낸 적이 있었는데

내일은
모두가 2022년을 맞이하기 바쁜
하루가 되겠지

하루만 더
소중했던 2021년을
붙잡고 있어야겠다, 난
잊히지 않게끔.

그날

그토록 바라던 꿈들이
내 일상이 되어 버리는 순간
꿈같은 일상이 반복되니
더 이상 꿈이 아니더라고
반복되는 일상이
다시 꿈처럼 느껴지는 날
그럴 수만 있다면
그날로 다시 돌아갈 수만 있다면

첫인상

맞서 싸우고 부딪힐 자신도 없이
뾰족하게 세우고만 있었던 우리의 날들이
1년이란 세월에 단지 조금 휘어졌을 뿐인데
어느덧 고리를 만들어 연결되어 있는 우리
올해가 지나고 2월이면 엮어있던 고리를 풀고
또다시 새로운 만남에 날카롭게 세우고 있을
내 날이 누군가에게 위협적이지 않고
고리를 만들 거라는 믿음을 주는 인상이 되길

아이유

나를 싫어하는 사람들
나를 좋아하는 사람들
오해일수도 진실일수도 있는
나에 대해 오가는 많은 얘기들
20대에 난,
이러한 것들에 넘어지다못해
부러진적도 있었지
30대에 난,
이러한 것들에 무뎌진 척
아무렇지 않은 척하느라 바빴지
40대에 난,
30대에 하기 바빴던 '척'이
빠졌음해.
차마 아이유처럼
많이 미워해달라고는 못하겠어
그게 다 제 동력이라고 말하기엔
난 아이유가 아니니깐, 쳇

아이유♥

고인 물

고인 물이 되어간다
조금의 파동에도 두려워하는,
나아가지 못하고
흘러가지 못하는
바쁘게 흘러가는 물살 사이에서
언제까지 버틸 수 있을까
외로이 썩어가기 전에
휩쓸려 가는 게 어쩜 나으려나
바다가 될 수 없으면서도
파도 소리에 겁만 내고 있는
외로운 고인 물이 되어간다
아무도 찾지 않는

만두

아침에 우연이 본 영상에서
대기업을 다니시다 명예퇴직 후
어머니 얼굴을 간판으로 걸고 장사하시는
만둣집 사장님의 이야기를 들었다.
또 이분은 어떤 달인이실까?
이 가게의 연 매출은 얼마일까?
방송 한번 타면 또 얼마나 줄을 설까?
등등 여러 가지 생각을 하는 도중
내 눈과 귀를 의심하는 장면이 나왔다.
만두 하나를 빚으시는데 걸리는 시간이
'1분!' 1분씩이나 걸렸다.
만두소를 일일이 무게를 재면서
부족하면 더 넣으시고 많으면 덜어내고 계셨다.
보면서 답답한 마음이 들었다.
그러면서 하시는 말씀이
'뭐, 빠를 필요 있나요?'
그리고 하나둘씩 들어오는
손님들의 극찬 사례가 방송에 나왔다.
그래, 빠를 필요가 뭐가 있어
느리면 느린 대로
부족하다 싶은 거에 조급해 하지 말고
조금씩 채워나가면 되고
많다 싶은 거에 자만하지 말고
조금씩 나누어주면서
그렇게 살면,
살아가다 보면
높은 온도와 압력에서도
터지기는커녕, 탱글탱글 꽉 차고
반지르르 윤기가 흐르는 만두가 돼있겠지.
나도.

인형뽑기

어릴 적 학교 앞 문방구에서 뽑기를 자주 하곤 했다.
100원짜리 동전 하나를 넣고 돌렸던 기억이 난다.
뭐가 나올지 부푼 기대감을 안고
내가 원하는 게 나오길 두 손 모아 기도를 했다.
그 짧은 시간 동안에도
그래, 활짝 웃고 있는 '스티치'를 뽑고 싶었던
어제의 나의 마음은
옛날과 다르지 않았는데 아니,
어쩌면 더 간절했을지도
잠깐의 설렘을 느끼기 위해 내가 넣었던 동전은
1개가 아닌 6개였다.
그것도 500원짜리로
500원짜리 6개가 한 번에 잘 들어가지 않아
꾸역꾸역 집어넣었다.
소소한 행복을 얻기 위해 더 많은 힘과
더 많은 돈을 지불해야 했다.
내 마음 빼고는
모든 게 변해버렸다.

못

큰 못을 한 번에 박아 지울 수 없는 상처를 주든
작은 못을 여러 번에 걸쳐 박아 씻기는 상처를 주든
어느 쪽이 맞는 건지 알 수 없을 때

'**못을 안 박으면 되지**'라는 말을 듣고
손에 들고 있는 못을 어찌할지를 몰라
오늘도 그냥 내 가슴에 박아버리고 마네

시집

시를 읽을 때면
애써 붙들고 있던 내 마음이
와르르 무너져 내리고 만다.
더군다나 이렇게
아무 준비도 못 한 채 훅 들어오면 말이야
어설프게 뭉쳐있던 마음을 단단히 하기 위해
다시 한번 무너트리는 일
일 년에 한 두 권 시집을 사는 일
그러할 때
곧, 3월이니까

인생을 재밌게 사는 법

'고독'이다.
고독을 즐길 줄 알면
인생이 재밌어진다.
연인과 함께
친구와 함께
가족과 함께,
'*함께*'에서 '*혼자*'가 될 때
그 허탈함을 극복할 수 없기에
인생은 재미가 없는 거다.
고독을 즐기는 사람이 되자.
함께여도 좋지만 혼자여도 나쁘지 않은
그런 사람이 되면 인생은
그럭저럭 살만하다.

너 사용법

알면 알수록 진국인 사람은 별로

알면 알수록 진국인 사람보다 첫 만남부터
느낌이 좋은 사람이 좋아.
첫인상의 차가움과 친절하지 못함으로
한없이 내 기대치를 낮춰낮기에
알면 알수록에 담겨있는 긴 시간 동안
어느 하나 좋은 모습을 보였겠지
남을 헐뜯지 못하는 착한 마음을 가졌기에
저런 말을 하는 건 아닌지 몰라.
처음부터 조금 상냥하고 친절했으면 좋겠어.
2022년에 내 주변에 있을 모든 사람들이 말이야.

여우

무식한 애들은 잘 숨기지 못해.
뭘해도 어설프고 티가 나거든
그래서 안타깝기도 해.
무식한거에는 답도 없으니 말야.
속이려면 완벽해야해
더 똑똑해져야하고
더 슬기로워져야해
완벽한 여우가 되려면 말야.

모국어가 좋은 사람

오늘 아침 문득 김창욱 교수가 말한 이야기를 접했다.
'모국어가 좋은 사람을 만나라'
그가 말하는 모국어란 어릴 적 부모가 그 사람을 대했던 말투나 주변 환경으로부터 체득한 자신에게 가장 익숙한 언어 습관을 뜻한다고 한다. 직업 특성상 다양한 연령대의 사람들을 만난다.
내 기준, 사람들을 구분해보자면
좋은 사람,
싫은 사람,
안타까운 사람으로 나눌 수 있다.
(물론 아무 감정 없는 사람이 더 많다는 게 슬프긴 하지만)
안타까운 사람들의 공통점을 찾아보자면,
좋은 점을 노력해서 찾으려고 하면 분명히 있는 사람들이다.
그리고 또 하나, 바로 모국어가 좋지 못하다.
자기의 마음을 표현하는 데 있어 너무나 부족하고 허술하다 못해 오히려 상대방의 기분을 해치면서까지 자신의 마음과는 전혀 다른 의도로 표현하는 사람들도 종종 봤다.
가르쳐주고 싶은 마음이 굴뚝같다.
'그때는 너처럼 그렇게 얘기하는 게 아니라 이렇게 얘기해야 하는 거야.'
하지만 모국어의 모는 한자로 *'어미 모'*이다. 어미가 못 가르친 걸 감히 내가 뭐라고....
상대방이 내 말을 어떻게 받아들일지는 무궁무진하기에
그 무궁무진한 확률에 *'응! 고마워, 앞으로는 그래볼게!'* 이 답이 나오길 바라는 것 또한 무모한 짓이기에,
굳이 이 무모한 짓에 에너지를 쏟기엔 나 또한 많이 지쳤기에.

그래서 그냥
내 마음에 비수를 꽂는 말을 하는 사람들에게
*'안타깝다'*라고 말하며 웃어넘기게 됐다.
*'싫다'*라고 말하기엔 너무나 어른 같지 않기에.

아직까지 미움받을 용기가 너무나도 부족하기에
이렇게 소심하게 둘러대기 좋은 말이다.
조금은 어른 같진 않아도
이제는 '*네가 좋아!*'라고 말해도 괜찮은데
'*좋다, 싫다*'라고 누군가에게 아무 생각 없이 말해도
괜찮은 나이는 또 언제 올까?

미워하기

인간관계에 있어 분명한 것 중 하나.
내가 그 사람을 싫어하고 있다면
분명 그 사람도 나를 싫어하고 있다는 사실.
내가 아무리 티를 안 내려고 안간힘을 써보지만
그 상대는 나보다 더 애쓰고 있더라고.
그러니,
이 지긋지긋한 '미워하기' 게임의 승자는
늘 내가 아니라, 상대방일 수밖에

손짓의 표정

오늘 두 분의 할아버지를 만났다.
아침에 운동을 하는데 굳이 내가 하고 있는 곳으로
오시더니 손가락 두개로 누가 봐도 비키라는 신호를 보내셨다.
황급히 비키긴 했지만 마음이 불편해 운동에 집중을 못 했다.

오후에 돈을 뽑으러 농협 ATM기에 갔는데
설 전이라 그런지 사람들이 꽉 차 있었다.
일을 하고 오셨는지 작업복 복장으로 할아버지 한 분이 들어오셨고
자리가 한자리 나자 난 당연히 할아버지 먼저 하시라고
대기하고 있었다. 그러자 할아버지께서는 내 눈치를 보시더니
먼저 하라는 손짓을 보이셨다.
나는 아니라며, 먼저 하시라는 손짓을 보냈고
할아버지께서는 감사하다며 인사를 하셨다.
할아버지께서 볼일을 보실 때까지 자리는 비지 않았고
할아버지께서 볼일을 마치고 돌아가실 때
또 한 번 나한테 감사하다며 인사를 하셨다.

비록 두 분 다 마스크로 표정은 숨겼지만
손짓 하나만으로 그 사람의 표정을 알 수가 있다.
그 사람의 인성을 알 수가 있다.
오전에 만난 할아버지 때문에 기분이 언짢았고
오후에 만난 할아버지 덕분에 가슴이 찡해졌다.

착한 사람들이
편안하고 행복했으면 좋겠다.

따뜻한 배려

가까울수록
내가 던진 말에 좀 더 주의를 기울이게 된다.

그러다 보니 본의아니게
나또한 상대방으로부터 따뜻한 배려를 받는다.

자기가 던진 말이 맘에 걸렸다며
헤어지고 나서 장문의 톡이 왔다.

오해하지 말라고, 그런 의도가 아니였다면서
오해하지 않았고, 기분도 상하지도 않았다.
내 마음을 자세히 들여다 보려 노력하고
한땀 한땀 문자를 눌렀을 생각에 괜히 미안하면서
또 한편으로는 감사했다.
절대 소심한 사람이 아니란걸 날 알기에 더더욱.

잔소리

사랑하다 말 거라면 안 할 이야기
아이유가 말하는 잔소리다.
오늘도 아이유의 잔소리를 핑계 삼아
아침부터 잔소리를 해버렸다.
정말 아이유처럼 사랑스럽게
잔소리를 할 순 없을까?
정말 사랑하기 때문에
하는 잔소리라는 내 진심을 알 수 있게 말이야.

결국, 노력이구나

우연히 클럽하우스 초대장을 받게 되어
새로운 sns에 발을 담가 현생을 잊고 산지 이틀째다.
평소 좋아하는 개그맨인 김영철님이
방을 잡고 대화를 주도하고 계셨다.
그러면서 본인의 인터뷰 썰을 얘기해줬는데
기자님께서 김영철님의 가장 큰 매력이 무엇이냐 물었고
대답을 머뭇거리자 그 기자님이 바로 한 말이
'김영철님의 가장 큰 매력은 성실함과 꾸준함인 거 같아요.'라고
말했다고 한다.
그 말을 듣자 그 당시엔 썩 기분이 좋지 않았으며
개그맨으로서 꾸준함과 성실함은 큰 매력으로 다가오지 않았다는
게 포인트였다.
김영철님은 '타고났다'라는 말을 듣고 싶었다고 했다.
하지만 지금은 조금 알 거 같다고 했다.
자신의 가장 큰 장점을 말이다.
남을 웃기는 것과 아침 일찍 일어나는 것 중 어떤 것에 더 자신 있
냐는 질문에 '아침 일찍 일어나는 것'이라고 대답했다고 했다.
그만큼 자신의 직업에 회의도 많이 느꼈던 시기를 겪었을 거란 생
각이 들었다.
내가 개그맨 김영철을 좋아하는 이유는 주변 다른 개그맨들이 제발
그만하라고 하지만 꾸준히 늘 같은 개인기(동료 지인의 성대모사)
를 밀고 나가는 게 멋있어서였다.
2018년 평창 올림픽 개막식을 운 좋게 제자들과 다녀왔고 개막식
전 분위기를 띄우기 위해 한 사람이 전 세계 사람들 앞에 서서 영
어로 말하면서 위트 있게 웃겨가며 분위기를 주도하는 모습을 보았
다. 그때부터였다.
내가 '김영철'이란 개그맨을 동경해왔던 게.
우리가 개그맨 김영철에 대해 잘 알고 있는 사실 중 하나는 영어를
엄청 잘한다는 사실이다.
클하(클럽하우스) 방에 또 한 명의 개그맨이 계셨는데 바로 홍현

희씨였다. 홍현희씨가 물었다! 형은 영어를 어떻게 그렇게 잘해요? 영어는 자신감인가요?!
그러자 김영철님이 말했다.
'나 영어공부 14년째야.'
이 말에 그 방에 있던 모든 사람들은 느꼈을 거다.
'노력'이란 두 글자를 말이다.
잠시 정적이 흐르고 다들 한마디씩 던졌다.
'노력이구나, 결국 노력이구나!'
오늘 하루 나 자신을 많이 반성하게 해준 말이기도 하다.
피아노를 배운지 일주일도 안된 내가 친구랑 통화를 하면서
'너무 어려워, 외울 것도 많고, 벽에 부딪힌 느낌이야.'
그냥 노래 한 곡만 주야장천 연습해서 잘 친다는 느낌을 받고 싶은데 말이야. 내 나이에 비해 보잘것없는 실력에 심통을 내고 있었다.내가 지금부터 14년 동안 피아노를 공부하고 연습하면
나도 나중에 김영철님이 한 말처럼 똑같이 말할 날이 오겠지.
'나 피아노 14년째야. '

그래,
예체능은 어느 정도의 타고남이 있어야 한다는 말을 부정할 순 없다. 남을 웃기는 거라든지 피아노라든지, 다른 나라의 말을 배운다는 것도 말이야.
하지만, 결 국은 노력이라는 말로
결국은 꾸준함이구나!라는 말로 끝맺음이 될 수 있다는 게
그게 놀라운 거고 멋있는 거니깐.

에티켓의 정도

카페에 가게 되면 보통 이어폰 너머 흘러나오는
나만의 플레이 리스트에 집중하는 편이다.
하지만 사람들이 그리워 찾은 어떤 날에는
이어폰을 빼고 주변 사람들의 말소리에 집중하기도 한다.
'*왜 다른 사람들한테 피해를 줘! 조용히하고 얼른 자리에 앉아!*'
6살 정도 돼 보이는 여자애 아빠가 말했다.
그러자 고개를 푹 숙이고 자리에 가 앉는다.
오빠처럼 보이는 남자아이도
같이 풀이 죽어 조용히 아빠 눈치를 보고 있다.
아저씨, 그 정도는 괜찮아요.
나름 공중도덕을 중요시하는 나지만
방금 전 세상 큰 목소리로 통화한
아줌마 목소리보단 훨씬 듣기 좋았단 말이에요.

상식이 통하지 않을 때

상식이 통하지 않는 대화가 이어질 때
상대방의 흥분을 도저히 담을 여유가 없을 때
가끔,
수화기를 살짝 띄고
가만히 있어 그렇다고 듣고 있는 건 아니야.
그러고 나서
수화기 너머로 '*여보세요?*', '*저기요?*'하는 소리가
들려올 때면 왠지 내가 이긴 느낌이 들 때가 있어.
그럴 때가 있어.

잣대

그들이 마음대로 정한 잣대에 조금이라도
어긋난 행동을 했을 때
나에 대해 기다렸단 듯이 수군거리기 시작한다면
마음 쓸 거 없어, 기분 상할 필요도 없고
그냥 거기까진 거야.
그들의 잣대를 바꾸기엔
너무 피곤해.
아니면 그냥 아닌 거야,
다른게 아니라 아닌 거야.
'*다른 거야*'라고 이해하는 것도 피곤해.
그냥 아닌 거야.

근황

우연히 그들의 근황을 보았다.
굳이 숨긴 친구 관리까지 들어가 엿보고 말았다.
여전히 반갑지 않다. 마음이 괜히 툭 가라앉는다.
반갑지 않은 사람들을 굳이 찾아가며 근황을
확인하려 하는 심리는 뭘까?
친구도 아닌 그렇다고 딱 자를 수도 없는 그런
숨긴 친구들이 늘어나고 있다.
바닥까지 떨구어진 기분을 끌어올리기 위해
진심으로 근황이 궁금했던 녀석에게 전화를 걸었다.
낯선 곳에서도 잘 지내고 있다며 재잘거리는데
그 모습이 상상돼 나도 모르게 웃음이 새어 나왔다.
몰래 찾아보는 사람들의 근황이 궁금하지 않게끔,
더 열심히 내 주변 사람들의 근황을 챙기며 보듬어줘야겠다.

김밥

김밥에 관한 추억이 많다.
그중 오늘은 별로 기분이 좋지 않은 추억 아니, 기억 하나를 얘기할 건데,

임용고시 시절 김밥을 정말 많이 먹었다.
나름 간단히 시간 절약하면서 먹을 수 있는 건....핑계고 그냥 나는 김밥을 좋아한다.
특히, 누나가 싸주는 김밥이 최고다.(몰론 엄마도....)

사정상 김밥을 사 먹어야 하는 날이 종종 있는데
(웬만하면 다른 걸 사 먹을만한데....군이 또 김밥을 사 먹는 나다.)
그때마다 김밥천국에 들러 참치김밥을 주문했다.
그런데 그날은 김밥 싸는 아주머니께서 나에게 말을 건넸다.

'*왜, 참치김밥만 드세요? 아침마다....*'
....

다른 것 좀 골고루 드세요, 저희 가게 다른 것도 맛있어요. 이 느낌이 아니라, 아침부터 짜증 나게 그냥 일반 김밥 먹지, 귀찮게 참치김밥을 자꾸 주문하냐....이 느낌이었다.

뭐 그 당시에 난 여유도 없었고, 자존감도 낮을 수밖에 없었기에 내 기분 탓일 수도 있다. 어쨌든 내가 느낀 감정이 그랬다.

그날 하루 종일 공부가 손에 안 잡혔다.
김밥가게에 전화해서 따질까 말까를 수십 번 고민했다.
그 자리에서 바로 받아치지 못한 게 너무나도 억울했다.
'*왜 아침에 참치김밥 시키면 안 되나요? 귀찮으세요?*'
이렇게 말이다.

너무 억울해서 눈물이 났다.
그런 추억, 아니 기억이 있는 김밥 집에서 엄마가 김밥을 사오셨다.
몇 년이 지났다. 그 아주머니도 안 계실 거고
엄마한테 이런 얘기를 하니 친절하기만 하더라, 하고 맛있게 드신
다. 나 또한 너무 맛있었다.

피카츄 돈까스가 들어가 있는 돈까스김밥.
그 자리에서 바로 튀겨서 넣어준 양배추에다 마요네즈를 잔뜩 버무
린....

이 두 조합에 나의 찌질했던 아픈 기억이 싹 씻겨 내려갔다.

만약 지금 내가 다시
아침에 이 가게를 갔을 때
또 아주머니께서 묻는다면

'아! 귀찮으세요? 그럼 그냥 김밥 주세요.'
하고 웃어넘길거야.

꼭 그럴거야.

그렇게 아픈 기억이었던 그 집의 김밥은
너무나 맛있었고 피카츄 돈까스가 그리울 때마다 찾아가려고.

꽃집

문을 열고 들어가자마자 꽃내음이 진동한다.

술에 취해본 적도 있고
사람에 취해본 적도 있다.
약에 취해 해롱거린 적도 있었고,
다 별로였다.

그런데 어제는 꽃에 취할 것만 같았다.
계속 들어오는 사람들 때문에 온전히 취하진 못해 판단을 못하겠다. 특별한 날이 아닌 보통날에 문득 들러 맘껏 취해봐야겠다.

주변에서
'*꽃같은 아이들과 하루 종일 붙어있으니 안 늙는구나, 점점 젊어지네*'라는 말을 종종 한다.
꽃 같은 애들이랑 반나절을 보낸다.
진짜 꽃들이랑 반나절을 보내는 사장님들은 어떨까?

내가 키우는 꽃들은 가끔 나를 아프게도 한다. 슬프게도 하고,
여태껏 어떻게 숨겼는지 도저히 알 수 없는 대빵 같은 가시로 어느 날 갑자기 나를 찌르기도 하고
그래서 어느 순간 나도 모르게 활짝 펴있는 꽃잎을 보기보단 어디도 모르게 숨겨놨을지도 모를 가시들을 찾느라 바쁘다.

꽃집 사장님들처럼,
그냥 눈에 보이는 게 전부인 것처럼
애써 숨겨 둔걸 찾으려 하지 말고
그렇게 조금은 가벼운 마음으로 바라보고
가끔 물도 주면서 말이야.

타이밍

상처가 아물기까지 기다리는 시간이
참 힘들어.
내 상처야 그러려니 하겠는데
내가 상대에게 낸 상처를 모른척하고
시간이 지나 아물길 기다리는 거 말이야.
'*시간이 약이다*'란 말은 나에게만 약이지,
상대에겐 상처를 더 곪게 만드는 거더라고.
그냥 흘려보내주는 시간이 아니라,
순간의 시간인 '*타이밍*'이 항상 중요한 거더라.
이미 곪은 상처를 다시 헤집는 것도 못할 짓이고,
그냥 상처를 곪게 하는 건 더더욱 못할 짓이니깐.
중요한 건, 타이밍을 놓치지 않고 내 상처든
상대에게 낸 상처든 바로 살펴줘야 한다는 거지.

내리사랑

내 부모가 나에게 준 사랑
그 사랑을 받아 이만큼 자랐고
그 덕분에 지금 나는 사랑을 주는 일을 하고 있다.
부모의 마음을 헤아릴 수 없지만
조금은 알 거 같다. 특히, 오늘 같은 날이면
아낌없이 주는 나무가 되겠다고
대가 없이 사랑하겠다고
내리사랑이니, 우리기 이해하자고
수없이 다짐하고 맹세했던 약속들에
조금은 지쳤나 봐.
조금의 서운함도 남지 않게
할 거면 확실하게 하자.
그 어떤 사랑보다 지독하고 외로운 내리사랑
그거 말이야.

싹둑

꼬일 대로 꼬인 관계를
풀려고 애쓰지 마세요.
인간관계에 너무 힘쓰지 마세요.
앞으로 살아가면서 만날
수많은 인연을 생각한다면
지금 꼬일 대로 꼬인 그 관계는
잘라버리세요. 과감히.
싹_둑.
너무 힘쓰지 마세요.
아파하지도, 슬퍼하지도 말고
그냥 나를 많이 아껴주세요.
오늘 하루도 잘 버틴 나 자신을.

오이비누

매일 지각을 밥 먹듯이 하는 녀석을 불러
따끔하게 혼내고 있는데 그 녀석한테서
너무나 좋은 냄새가 나, 나도 모르게 순간
화내다 말고 *'너 향수 뭐 써!'*라고 물었다.
그러자 그 아이는 향수 같은 거 안 쓰는데요.
라고 말했고, 추궁 끝에 알게 된 그 냄새의 원인은
*'오이비누'*였다.
그 오이 녀석한테서 스승의 날에 전화가 왔다.
선생님한테서 그런 사랑을 받아본 적이 없었기에
그땐 어떻게 반응해야 할지도 몰랐고,
고마운 건지도 몰랐다며 지금은 군대도 전역하고
졸업반 대학생인 녀석이 이제는 알 거 같다며 감사함을 전했다.
조금은 더 자주 연락해 줬으면 하지만
그 녀석한테 1년에 한번 나한테 전화 거는 거조차
엄청난 용기고 의지임을 너무나 잘 알기에
바라지 않기로 했다. 그 녀석이 노력하는 거에 비하면 난 노력도 아
닌 일이기에 내가 해주는 인생의 조언들이 잔소리로 들리지 않을
정도의 횟수로 먼저
전화를 걸어야겠다.
초여름, 지금 이맘때쯤
늘 그 오이 비누 향이 나는 그때의 그놈을
떠올리며 말이다.

5월

유난히도 길게 느껴졌던 5월
기다리던 연락이 올해도 없었던 그날 때문인지
너무나도 안아주고 싶었는데
그러지 못한 그날 때문인지
올해도 역시나 실망만 안겨드린 거 같아
죄송했던 그날 때문인 건지
아니면, 억지 인연을 만나러 가는 바람에
그분이 오신 날을 모른척했기 때문인 건지
이래저래 참 지독했던 5월이 끝났다.

측은한 마음

나에게 상처 주는 말을 아무렇지 않게 하는 사람한테
나 또한 한껏 날카로운 가시 같은 말 조각을 억지로
끼어 맞추어 어떻게든 되돌려주려 할 때가 있었지.

그러고 나면 뭐, 내 맘은 편했을까?
아니, 가시 같은 말 조각을 억지로 끼어 맞추려니
내 마음도 피투성이였지 뭐,

나이가 들고 조금은 차분해지면서
알게 된 거야.
측은하게 바라보는 법을.
내 기분 따위 전혀 생각하지 않고
자기감정 하나 조절 못해
그저 미쳐 날뛰듯이 퍼부어대는
그 사람의 상황을, 그 사람의 가난한 마음을 말이야.
불쌍하더라고, 나한테만 저러지 않을 거라 생각하니

진심으로.

노력

서로가 서로를 이해하는 데 있어
참 많은 시간과 에너지를 낭비하고 있다.
조금의 양보도 없이 곧 끊어질것만 같은
팽팽한 실을 쥐고 있다가 고작 소맥몇잔에
목놓아 놓아버리네.
나의 노력이 누군가에겐
아무것도 아닌게 되어버리는 순간
모든게 상대적으로 비교되는 요즘.
차라리 요즘같은 날이 반복될바엔
찌질했지만 소소한
행복이 하루하루 가득했던 그 몇년전으로
돌아가고 싶어. 미래가 불확실했던 그때로.

샤워

'*미지근한*'이란 말은 사라질 거야.
깜빡이도 안 켜고 들이대는 여름 때문에
오늘 샤워를 하는데 어제까지만 해도
제일 뜨거운 방향으로 손잡이를 돌려놓고
샤워를 했는데, 오늘은 가장 차가운 방향으로
돌려놓은 채로 씻고 있더라고.
점점 중간이 없어지는 계절을
나도 닮아가고 있는 거지.
적당히 하자!
중간만 하자!
내가 제일 못하는 건데,
사랑에도, 우정에도 말이야.
물 온도 하나도 적당히를 모르는
몸뚱이가 되어가고 있더라고.
우린, 적당히를 지키지 못해 저지른 실수에
망가지게 될 거야.
지금 봄과 가을이 사라지듯이 말이야.

우정

내 지랄 같은 상황에
울어주는 친구의 속마음을 들여다보니 말이야,
'쟤도 사는데, 내 상황은 나쁘지 않네 뭐' 하면서
자기 자신을 위로하기 바쁘더라고
반면,
내 기쁨에 함께 펑펑 울어주는 친구가 있었어.
그때부터 그 친구 같은 친구가 돼야겠다고 다짐했어.
내 친구의 기쁨에 진심으로 축하해 주고 같이 울어줄 수 있는, 그럴
수 있는 여유를 갖기 위해 이렇게 열심히 살았나 봐.

약속

놀이터에서 마스크를 너무 예쁘게
잘 쓰고 노는 꼬마에게 '마스크 답답할 텐데 잘 쓰고 있네?'라고 말
을 걸었는데 돌아오는 대답에
주책맞게 눈시울이 붉어지고 말았다.
'우리 모두가 건강해지기 위한 약속이래요!엄마가...'
저렇게 이쁘게 말해주는 어머니와
엄마와의 약속을 너무나도 잘 지키고 있는 꼬마를
위해서라도 우리 모두 건강해져야겠다.

여름밤

7월이다.
예측할 수 없는 일 투성인 요즘에 그래도
늘 한결같은 건 7월의 시작과 함께
후덥지근해지는 밤의 온도이다.
이렇게 매년 한결같이 찾아오는 여름밤의 온도처럼
사람도 늘 한결같은 사람이 좋다.
한결같지 않은 사람들을 바라보면 늘 불안하다.
그들의 들쑥날쑥에도 늘 한결같음을 유지하려고
애쓰는 사람들 또한 불안한 건 마찬가지이다.
애쓰는 사람들이 더 이상 힘들지 않았으면 좋겠다.
애쓰는 사람들이 더 이상 그들의 들쑥날쑥에
아프지 않길.
그들의 들쑥날쑥에 조금은 더 유연해지길.
나와의 관계에 있어 후덥지근한 사람들이
7월에 잠시 왔다 시원한 가을밤에 묻혀 사라지는
여름밤 같길.

내공

상대의 잘못을 말하기 전에
자신의 잘못을 돌아봤다면
그렇게 당당하진 못했을 텐데 말이야.
너한테 없는 내 수많은 장점들 속에서
어렵게 찾아낸 잘못 하나를 가지고
아주 신이 나게 떠들어대는 꼴에
배시시 웃음이 나왔지 뭐야.

자격

나의 합격을 축하해 주기보다는
부러움이 더 컸던 친구에게
어느 정도 받아주다 지쳐 속마음을 내뱉어버렸다.
'넌, 나를 부러워할 자격이 없어.'
누구보다 네가 잘 알지, 내가 얼마나 힘들었는지
내가 어떤 고생을 했는지, 그걸 다 지켜봤던 넌,
어떤 생각을 했을까? 내 노력의 결과가 정답인지
오답인지 계속 나한테 물음을 던졌었고,
마지못해 너의 물음에 흔들려줬었지.
내가 한 노력에 반에 반도 안 해놓고
그저 그런 환경을 선택한 너는
나를 부러워할 자격이 없다고
그러니 축하해 주기 싫음
우리 관계는 여기서 끝내자고
그리고 지금이라도 내가 정답을 보여줬으니
계속 묻지만 말고 시작했으면 좋겠다라는 말을
끝으로 그렇게 우리의 우정은 끝이 나버렸어.
그냥 문득 네 안부가 궁금해지는 밤이야.

술 기운

술을 마셔야지만 기운이 나는 사람들
술을 마시면 오히려 기운이 떨어지는 사람들
술을 마시든 안 마시든 늘 한결같은 사람들
술 핑계로 감추었던 나를 조금은 드러내는 사람들
술 때문에 숨기고 싶은 비밀을
모두 말해버리는 사람들
나이를 먹고 술을 마시기 시작하면서
참 다양한 사람들을 많이 만나간다.
*'기운 내'*라며
술 한 잔 사주고 싶은 사람들이 늘어간다.

아이폰xs

3년 동안 쓴 핸드폰을
애지중지 닦고 또 닦아
가장 멋들어져 보이게끔 사진을 찍고
당근 마켓에 올린다.
몇몇의 사람들과의 대화 끝에
가장 착해 보이는 사람을 골라
약속 장소와 시간을 정한다.
통장에 돈이 입금된 걸 확인 후
집으로 돌아오는 길 내내
이렇게 마음이 아려오면 어떡해
이런 내가 무슨 애들 앞에 선
인연은 아니다 싶음 과감히 끊어내라고 하는 건지

수능

차디찬 손을 호호 불어가며
두 손 모아 드리는 수많은 기도들이
온전히 그들에게 스며들길
올해는
조금은 덜 짠하게
조금은 덜 미안하게
조금은 덜 죄스럽게
나를 위해
기도하는 두 손이
조금은 따뜻하길.

손편지

툭 던지는 톡보다는
꾹 눌러쓴 손편지가
좋더라.

손가락의 가벼운 터치보다는
손가락의 묵직한 눌린자국이
좋더라.

어두워도 쉽게 볼수있는 글보단
빛이나야 환히 보여지는 글들이
좋더라.

고마운 마음이든
서운한 마음이든
미안한 마음이든

상대에게 전달되는 속도가
조금은 느렸으면 해
손편지처럼.

대설주의보

강원도 하면 눈이였고
그 중 강릉하면 눈이 많이 오는 동네로 유명했는데
지구가 정말 아프긴 한가보다,
정말 오랜만에 대설주의보가 발효되었다.
거짓말처럼
크리스마스 이브에 눈이 펑펑 내리다니
그럼에도 불구하고 마냥 설레일 수 없는건
그 어떤것 하나도 나를 증명해줄 수 없는
살아가는데 전혀 쓸모없는
나를 대변하는 숫자앞에서
괜히 어른인 척 하느라 그런것도 있고
태어나서 한번도 걱정해 본 적 없던
자영업자들을 감히 내가
그들의 마음을 헤아려보느라
몇년만에
그것도 크리스마스 이브에
펑펑 내리는 눈이 얼마나 야속할까
그들의 마음에 펑펑 내리는 눈이
하루빨리 그치길 조심스럽게 바라본다.

모두 메리크리스마스.

성공의 법칙

하나, 어쩜 나에 대해 가장 모를 수 있지만
마지막까지 내 편일 가족
둘, 가족에게도 숨기고 싶은 비밀을
고백할 수 있는 친구 한 명
셋, 내 가능성을 발견하고
세상에 보여주고 싶어 하는 선생님
넷, 내가 하고자 하는 일을
무시하는 사람들 앞에서
멋지게 춤춰 보일 수 있는 무언가
3개의 운과 1개의 노력이
필요한 성공의 법칙
내가 누군가에게 3개의 운이 될 수 있길

졸업식

강릉에서 처음 만난 아이들이
오늘부로 이 학교를 떠났다.
쭈뼛거리며 일부러 나를 찾아온 고마운 아이들
내심 오길 기대했지만 보지 못했던 서운한 아이들
그 흔한 졸업식 노래조차 듣지 못했고
그저 교문 앞에 덩그러니 놓인 포토부스 하나
부모님들조차 눈 덮인 운동장에서
사진 하나 못 찍는 2022년 졸업식
그래도
중국집에 사람은 많더라.
매운 짬뽕을 먹으면서 눈물이 나온 건
꼭 매워서만은 아닐 거야.

개화

그래,
모든 꽃이 봄에 피는 게 아니었지,
내 꽃 또한,
밤의 길이가 길어지는 차가운
겨울에 피었으니
봄에 피는 꽃들을 부러워 말아라
봄이 주는 따뜻한 온도에 속지도 말고
봄이 주는 분홍빛에 눈멀지도 말거라
모두가 잠든 밤이
길어질수록 활짝 피어날 네 꽃을 위해
올해 다가올 봄 또한 그냥 흘려보내주자.

가족사용법

누나

일곱 살쯤, 어느 눈 오는 겨울날
수술을 마치고 집에 들어왔을 때
나에게 줄 선물이라며
혼자 눈사람을 만들고 있던 그 모습이
영화를 보는 내내 사라지지 않았어.
어쩜 나라는 태양을 중심으로 도는 행성 중
혼자 빛을 내며 도느라 애썼던 우리 누나
많이 외로웠지만 누구보다
날 사랑해 주고 씩씩한 모습만 보여줬던,
우린 고작 한 살 차이였는데
그때 우리 누나도 많이 어렸는데.

믿음

이제 갓 두 살이 지난 조카에게
믿음이란 게 생긴 거 같더라고,
드넓은 잔디밭 위에 두발로 서
오로지 하늘에 떠 있는 연을 바라보며
우리를 뒤로한 채 손을 위로 뻗고 행복한 소리를
내며 꾀나 멀리, 조금은 빠른 아장거림으로
그렇게 한참을 나아간 뒤
뒤돌아 보며 뒤쫓아 온 우리를 향해
활짝 웃어주는 거 보면 말이야.

그녀들의 20대

엄마가 처녀시절 때 잠시 일했던 그곳에서 만난 친구 얘기.

바다를 한 번도 보지도, 가보지도 못했던 유리 아줌마는 장호에서
자란 엄마에게 바다가 얼마나 크냐고 물었다고 했다.
미화야, 바다 가봤어? 바다 커?
우리 실장님 과수원 밭보다 커?
엄마는 당황했지만 그곳의 왕 언니 장난에 맞장구를 쳐줄 수 밖에
없었다고 했다.
왕 언니는 이렇게 말했다.

유리야, 어떻게 바다가 실장님 과수원 밭보다 클 수가 있어?
우리 실장님 과수원 밭보다 큰 바다는 없어!
*그치? 우리 실장님 과수원 밭이 얼마나 큰데....내가 거기 4바퀴 도
는데 힘들어 죽을뻔했다니깐.*
왕 언니랑 엄마는 서로 눈을 맞추며 키득거렸다고 했어.

그리고 며칠 후
엄마가 유리 아줌마를 데리고 강릉 안목 바다를 구경 시켜주려고
갔대. 눈앞에 펼쳐진 광활한 바다를 보면서도 엄마한테 물었대. *미
화야, 바다가 어디 있어? 유리야! 지금 우리 앞에 있는 이게 바로
바다야.*

엄마 얘기를 듣고 있는데 괜스레 뭉클해지면서 유리아줌마는 지금
도 바다처럼 맑고 순수한 사람일 것만 같아 기분이 좋아졌어.
그제서야 엄마랑 왕 언니가 장난친 걸 알고 그때부터 한없이 바다
를 멍하니 바라만 보셨대. 그리고 나서 물었대.
바다랑 하늘이랑 붙어 있을까? 떨어져 있을까?
그 당시 미화는 붙어있다고 했고 유리는 그럴 리가 없어! 바다랑 하
늘은 떨어져 있을 거야, 분명. 이렇게 말했대.

엄마가 틀렸고 유리 아줌마가 맞았어.

유리 아줌마는 어쩌면, 엄마랑 왕언니의 장난에 속아준 걸 수도 있어.

지금 생각해보니 날씬하고 키도 컸고 이쁘고....

딱 공효진 같았다고 말하는 유리 아줌마가....

아니,

유리를 속이는 게 맘에 걸려 바다까지 데리고 온 우리 엄마랑

바다를 보기 위해 끝까지 속아준 척 연기를 해야 했던 유리 아줌마의 20대가 보고 싶었다.

자전거

거진 1년 만에 실내발구르기가 아닌 앞으로 나아가는 자전거를 타 본 거 같다. 한번 자전거를 타면 해안가로 달려 '사천'까지는 찍고 온다. 이번에도 역시 큰맘 먹고 출발했으나 결국 실패했다.
이유는 아버지 말을 귓등으로 들어서이다.

추우니깐 장갑을 끼고 가라는 아버지 말을 무시하고 맨손으로 버젓이 나가 달리니 5분도 채 안되어 손이 깨질 것만 같았다.
근처 편의점에 들러 흰 면장갑이라도 끼고 계획했던 사천까지 달리고 싶었으나, 아버지한테 죄송스러운 맘이 들어 차마 사지를 못했다. 손이 깨지더라도 참고 달리다 경포 호수 한 바퀴 돌고 돌아오는 걸로 오래간만에 큰맘 먹은 자전거 투어를 끝냈다.

집으로 돌아와서 아빠한테 솔직히 털어놨다.
너무 추웠다. 아빠한테 죄송해서 면장갑을 안샀다!
그렇게 말하니,
아버지는 속상해하셨다.
*'추운데 장갑 사지! 끼고 타지!'*하시면서....

아빠는 나를 언제까지 걱정하실까?
나는 언제쯤이면 아빠 말에 토를 안 달고 후회하지 않을까?
요즘은 아빠랑 투닥투닥 장난치는 게 큰 낙이다.
내 장난을 받아주는 아빠가 좋다.
아버지라고 부르면 더는 장난을 못 칠 거 같아.

내가 아직 아빠를 *'아버지'*라고 부르지 않는 이유다.

라디오

잠이 줄어 새벽 일찍 일어나셔서
라디오를 즐겨 들으시는 아버지.
핸드폰으로 듣는 게 영 불편하셨는지
라디오를 사달라고 하신다.
사준다 해놓고 깜빡하고 잊혀
이제서야 사드렸다.
나름 이름있는 브랜드 제품, 수신 감도 향상 제품으로
생각해 보니, 아버지가 사 달라 해서 주문한 제품들은
하나같이 어딘가 한 군데는 말썽이었다.
이번에도 마찬가지였고
강릉은 94.3Mhz가 주요 주파수 중 하나이다.
편리하게 숫자 버튼으로 바로 주파수를 찾을 수 있는 제품임에 불구하고
'*숫자 4*' 버튼이 아무리 눌러도 반응을 하지 않는다.
아빠한테 또 불량이 왔다고 설명하는데
숫자가 잘 보이질 않는다고 하신다.
그래서 그냥 쓰겠다고,
또 언제 보내고 언제 받냐며
조금도 기다리는 게 싫으신 만큼 이 녀석이 맘에 드시나 보다.
그렇게 좋아하는 거 빨리 안 사준 게 맘에 종일 걸렸고
아버지의 나이를 무시한 채 살아온 거에 죄송한 밤이다.

카레(어버이날)

오늘은 어버이날.

'돈이 최고야!'
수십 번째 어버이날을 맞이하고 있지만,
아직도 저 말이 진심인 건지 농담인 건지 구분을 못하겠다.
나도 어느 순간부터 돈이 최고지!라며,
돈을 앞세워 정성을 들여야 하는 것들을 모른척한다.

늘 같은 말을 쓰는 편지는,
늘 내 죄를 부모님께 확인시켜주는 편지는,
더 이상 쓰지 않기로 했다.
대신,
매년 적어도 1시간은 넘게 걸리는 정성스럽고 맛있는 음식을 대접
해드리기로 하자.

진부한 말로 채운 편지보다
매번 약속을 하지만 못 지키는 말보다
1시간 넘게 볶아진 양파가 주는 달콤함과
부드러운 소고기 그리고 적당히 익은 당근과 감자가 카레와 버물러
져 선사하는 한입이 더 훌륭한 거지.

내년 어버이날에는
어버이날 노래를 피아노로 연주해 준다고 했다.
썩 좋아하시진 않았지만, 일단은 준비해보는 걸로.

영상 속 *'어버이날 축하드려용~!'*
이 말속 진심은
*'엄마, 아빠! 사랑해요! 노력하는 아들이 될게요!'*였는데.

우슬

삐끗함으로 인한 허리 통증에
우슬이 좋다며 어디 가서 한가득 따오셔서
펄펄 달여서 내게 건넨다.
엄마가 보는 앞에서 그 많은 양을 다 마셔야지만
엄마 마음이 안정이 되나 보다.
내가 다 마시기 전까지 자리를 뜨지 않으신다.
난 또 툴툴거리기 시작한다.
그러자 우슬을 캐니라 퉁퉁 부은 손을 들이미신다.
하....
내가 졌다.
마음이 아프다 못해 통증이 더해온다.
엄마 손을 어루만지며 꾸역꾸역 다 마신다.
다행히도 난 뜨거운 걸 잘 마시는 편이다.
어쩌면,
엄마랑 나는 똑같은 방식으로
서로를 사랑하고 있나 보다.

불효

뭐 거창한 게 불효가 아니다.
나의 어떤 행동으로 인해
부모님이 활짝 웃으셨다면
여태껏 그 행동을 안 해왔던 게
그게 바로 내가 저지른 불효다.

알레르기

'마' 알레르기가 있다.
임고 시절 엄마는 아침마다 우유에다 마를 갈아서
주셨다. 먹기 싫은 걸 꾸역꾸역 눈뜨자마자 먹었던 기억이 있다. 분명 한 두 번 먹었을 땐 알레르기 반응이 일어나지 않았는데 반복되는 '먹기 싫음'이 쌓여 엄마한테 짜증과 화로 번지면서부터 내 몸은 '마'에 과민반응을 하기 시작했다.
그렇게 갑자기 입 주위에 두드러기가 나고 가렵기 시작했다. 아픈 것도 아픈 거지만 아침에 독서실이 아닌 병원으로 가야 한다는 사실에 너무 짜증이 났다. 아침에 해야 할 계획이 흐트러지는 것에.
모든 짜증을 나한테 매일 아침마다 정성스럽게 마즙을 건넨 게 전부였던 엄마에게 마구 쏟아내버렸다.
평상 시면 같이 언성을 높이며 결국 내가 지는 게임인데, 그날은 유독 엄마는 아무 말도 하지 않으셨다.
내 얼굴도 똑바로 쳐다보지 못하셨다.
알레르기 반응을 설명할 때마다 아이들에게
이 얘기를 들려준다.
마즙을 먹은 것도,
주변에 마가 놓여있던 것도 아닌데
늘 이 단원을 가르칠 때면 내 마음의 염증에
아파온다.

사랑 그릇

'이게 다 우리가 어렸을 적 겪었던 애정결핍 때문이에요!'
뮤지컬 시카고에서 록시가 외친 대사 중 하나이다.
나같은 경우, 애정결핍은커녕 애정과다이다.
나를 잘 아는 대학 선배가 한 말이 있다.
'형준아! 너희 집은 형이 보기엔 상위 1%야. 돈이 많은지 적은지는 형이 잘 모르지만 그냥 너를 보면 그럴 거 같아.'
나뿐만 아니라, 우리 부모님 또한 금수저가 절대 아니다. 아버지의 검소함과 어머니의 알뜰함으로 누나와 나는 남부러울 거 없이 비교당하지 않으며 자라왔고, 젊은 나이에 돈을 모아 자식들이 기죽지 않기 위해 초등학교 근처 가장 좋은 주택집을 사실만큼 자식 사랑에 있어 애틋했으며 그 사랑을 온전히 받으며 자라왔다.
부족한 것도 문제지만 과한 것 또한 문제가 없다고는 말할 수 없다. 어느 날 점을 보러 간 적이 있다. 관상이랑 내가 그린 그림을 토대로 나에 대해 판단해 주는 분이셨다.
*사랑 그릇이 커도 너무나 크다. 남들 보다 분명 많은 사랑을 받고 있는데 만족하지 못한다.*라는 말에 웃으면서 **관종?** 이란 단어를 내뱉었다.
태어날 때부터 남들보다 조금은 큰 사랑 그릇을 갖고 태어났고 다행히도 너무 훌륭하신 부모님을 만나 그릇이 단단해지기 전에 아낌없이 주는 사랑을 담다 보니 조금씩 조금씩 커진 내 사랑 그릇.
다시 작아질 순 없고 그렇다고 아예 사랑 그릇을 깨트릴 수도 없는 그런 상황에 지금의 난 어렸을 때만큼 사랑스럽지 않기에 조금씩 줄어드는 사랑에 욕심만 늘어난 건 아닌지 모르겠다.
과감히 내 사랑 그릇을 깨트리고 내가 다시 만들 수만 있다면 아주 아주 작게 만들 거야. 단 한 사람의 사랑만 담겨있어도 내가 아주 많이 행복할 수 있게 말이야.
암튼, 결론은
이렇게 잘 키워주신 엄마, 아빠! 사랑한다는 말임.

멘델의 법칙

1년에 한 번씩 **'멘델의 법칙'**을 설명할 때 즈음이면
아이들 앞에서 그날의 수업시연을 다시 재연해 준다.
문밖으로 나가서 노크를 하는 거부터 말이다.
아이들의 **'들어오세요!'**란 말에 그때의 떨림을 다시금 끌어와 조심
스레 문을 열고 들어가 아직도 생생한 내 관리번호를 말하고 수업
시연을 재연한다. 웃음을 참느라 노력하는 아이들, 신기하듯이 뚜
려지게 쳐다보는 아이들 사이에서 **'사랑의 비타민'**을 날려줌으로써
졸고 계셨던 면접관을 깨우는 데까지 수천 번 연습했기에, 실전인
그날 또한 정확히 20분 안에 검정 기니피그랑 하양 기니피그 사이
에서 태어난 새끼는 회색이 아니라는 사실을 **'어디 한번 해봐!'**라는
표정의 면접관 앞에서 신나게 떠들어댔다.
입이 바짝 말랐고 침이 입 주변에 다 새어 나와있었다. 문을 열고
나가면서 외투를 건네주는 그 학교 선생님의 말에 눈물이 왈칵 흘
렀다. **'고생 많으셨어요! 이번엔 꼭 붙으실 거예요!'**
가끔, 이렇게 전혀 모르는 사람들한테서 큰 위로를 받을 때가 있다.
그날도 그랬다. 거짓말처럼 밖에 나오자 펑펑 쏟아져 내리는 흰 눈
과 함께 펑펑 울어버렸던 그날. 물감이 아닌 레고 같은 엄마 아빠의
장점과 단점들
운이 좋을 땐 엄마 아빠의 장점을,
운이 나쁠 땐 엄마 아빠의 단점을,
보통은 장점과 단점을 골고루 물려받는, 둘 중 하나의 확률로 내가
만들어지는 거지 같은 유전, 차라리 물감같이 그냥 적당히 엄마 아
빠의 장점과 단점이 섞여 그 사이 어딘가가 나였으면 할 때가 있
다.우성이라 해서 우월하거나 열성이라 해서 열등한 게 아니니 내
장점이 남들보다 우월하다는 거만함도 버린 채 내 단점들 또한 단
점이 아닐 거라고 굳게 믿고 살아가야 한다. 언젠가 또 어떤 상황에
선 이 단점들이 장점이 될 수도 있고 이 장점들이 내 발목을 잡는
단점이 될 수도 있으니 말이다. 그냥 물감같이 여기저기 이곳저곳
에서 내 색깔을 잃지 않을 정도만 유지한 채 두루두루 잘 섞여 살아
가고 싶다.

숫자

숫자가 불편하다.
늘 숫자 앞에서 무너지고 또 내 발목을 잡는다.
고등학교 땐 그렇게 1이란 숫자에 집착했고
대학생이 되니 4.5라는 숫자에 집착했다.
대학을 졸업하고 나니 매해 바뀌는 임고 티오와
경쟁률 그리고 컷 숫자에 불안해했다.
그렇게 나를 불편하게 한 숫자들에 이제는
벗어난 줄만 알았는데 지금까지 열심히 버텨준
내 지나온 세월을 숫자로 메긴 나이가 불편하더라.
그런데 그보다 더 불편한 건,
나만 나이를 먹는 게 아니었다는 사실을 인지하고
나서야 마주한 부모님의 연세더라.

흰머리

너무나 환하게 웃고 있는 조카 옆
누나 모습에 눈물이 흐르고 말았다.
유독 흰머리가 많았던 누나였는데
흰머리가 눈에 띌 때마다 염색을 해왔던지라,
누나의 흰머리에 관한 넋두리는 늘 흘려듣곤 했다.
망할 코로나로 인해 생이별이 따로 없는 지금,
안 그래도 너무나도 보고 싶었던 누나 모습은
흰머리가 너무나도 선명했다.
돈 십만원을 보내면서
당장 미용실 가서 염색을 하고 오라 했다.
고작 돈 십만원에 찢어진 내 마음을 꿰매기엔
너무나도 부족했지만 오고 싶어도 오지 못하고
가고 싶어도 가지 못해 멀리서 흘려들었던 누나의 고충을
뒤늦게 너무나도 선명해진 흰머리를 보고 나서야
누나의 마음을 들여다본 나한테 화가 나고 미안했기에.

인터뷰

나이는 어떻게 되시나요?
지나온 세월이 그립나요? 아님,
앞으로의 세월이 기다려지나요?
지금 가장 생각나는 사람이 있나요?
그 사람이 지금 문득, 생각난 건가요?
아님 늘, 생각하고 계시나요?
가장 기억에 남았던 장소가 있나요?
제주도를 다시 간다면 누구랑 가고 싶나요?
최근 가까운 사람으로부터 상처받아
운 적이 있나요?
가장 행복했던 순간이 언제일까요?
기억이 잘 안 난다면 지금 행복하지 않은가요?

엄마는 지금 행복한가요?

셀카

우연히 엄마의 핸드폰 사진첩을 보게 되었다.
수많은 화초 그리고 꽃 사진들 사이에
엄마가 찍은 셀카 사진이 군데군데 들어있었다.
세상에 셀고도 이런 셀고가 없다.
그 흔한 필터 보정하나 없이,
주름 걱정은 매일 하면서 적나라하게 드러난
셀카 사진 속 주름들을 보고
또 얼마나 속상해했을까,
세상 이쁜 우리 엄마가
혼자 셀카 찍는 일이 없도록
내가 더, 많이 노력해야지.

2%의 불신

사랑하는 사람들로부터 상처받지 마세요.
그들은 이미 알아요.
내가 잘하고 있다는걸,
그 누구도 100% 믿지 말고
나를 100% 믿을 거라는 생각은 더더욱 하지 마세요.
하지만,
그들은 이미 나를 98%는 믿고 있어요.
나머지 남은 2%의 불신을 갖고 나에게 던지는
그 어떤 조언이든, 충고 또는 잔소리를 듣고
상처받지 마세요. 되받아치지도, 이기려도 마세요.
남은 2%의 불신을 태우지 않고
내 앞에 어렵사리 던진 그들의 마음도 헤아려주세요.
그들도 2%의 불신을 믿음으로
바꾸려는 게 아니에요.
그게 그들의 원동력이자 삶의 이유일 수도 있어요.
그런 그들에게 화내지 마세요.
결국, 당신만 후회할 테니까요.

시소

상대방이 누구냐에 따라
시소를 즐기는 방법이 달라진다.
내가 지켜줘야 할 상대와 함께 탈 때에는
있는 힘껏 상대를 높이 띄우기 위해 노력하면
상대방의 환한 웃음이 보상으로 돌아온다.
반면,
내가 의지해야 할 상대와 함께 탈 때에는
온몸에 힘을 빼고 다리를 땅으로부터 최대한
떨구다 보면 상대방의 노력하는 모습에
믿음이 생기고 안정감을 준다.
아주 오랜만에
온몸의 힘을 빼고 다리를 땅으로부터
최대한 떨군 채 시소를 즐겼다.
아주 오래전보다 훨씬 무거워진 나를 띄우기 위해
더 많은 노력을 해야 했고
그 모습에 믿음이 생기기보단
내가 받았던 믿음보다 훨씬 큰
믿음을 드려야 했다고 느꼈지만
참 짧은 그 시간 동안
정말 오래전 그 날로 돌아가 그날의 감정으로
오롯이 시소를 즐겼다.

엄마랑.

낙엽

힘들고 버거웠던 시절이 있었다.
보통 그런 시절에 느꼈던 수많은 감정들은
흘러가거나 사라지지 않고
내 주변에 어딘가 숨어있다
오늘같이 낙엽이 떨어지고
따습지도 차지도 않은 그 사이 어디쯤의
바람과 함께 찾아온다.
시간에 치여 떨어지는 낙엽조차
맘 놓고 바라보지 못했던 그 시절
시간에 구애받지 않고 떨어지는 낙엽을
하염없이 바라보는 게 바람이었던 적이 있었다며

다시는 또 안 올 수도 있는
소중한 시간을 보내고 돌아오는 길에
나지막이 누나가 말했다.

환갑

늘 자신보다 자식들을 바라보면서
뒷걸음해오신 길 위에서
어느새 환갑이라는 이정표를 지나게 된 어머니.
앞을 보기보다는 아직까지도
철없는 아이 같은 저희를 보면서 걸으시느라
본인 나이조차 잊고 사시는 어머니.
그저 거울로 보이는 늘어나는 주름살로
늙었다고만 말씀하시는 어여쁜 어머니.
마음의 주름살이 펴져야 어머니 얼굴에 주름살 또한
펴진다는 것을 알지만 노력하지 못한 자식에게
많이 서운하셨을 거라는 것 또한 잘 알고 있습니다.
어여쁜 어머니 얼굴에 패인 주름살이
볼품없이 보이지 않고 고귀할 수 있게끔
저희가 지금보다 더 노력하겠습니다.
지금까지 저희 오누이 세상 어디에 내놔도
기죽지 않고 빛날 수 있게끔 만들어 주신 어머니 은혜
평생 잊지 않고 가슴속에 묻고 살겠습니다.
어머니,
어머니는 지금까지 그리고 앞으로도
저희의 자랑이십니다.
어머니의 자랑 또한 저희일 수 있게
노력하는 자식이 되겠습니다.
사랑합니다. 어머니.

그림책

조카랑 같이 있다 보니
본의 아니게 그림책을 자주 읽게 된다.
고작 3살짜리 아기들이 보는
그림책이 가끔 가슴에 훅 들어와 박힐 때가 있다.
가끔 조카한테 삐진 척을 하거나
조카를 따라 입을 삐쭉 거리면
다가와 내 어깨를 툭툭 두드려준다.
그냥 그런 게 아니었구나
가끔, 나는
아직 3살이 되기에 조금은 모자란
조카한테서 위로를 받는다.

움켜지다

무언가를 움켜진다.
보통 *'움켜지다'* 앞에는 '꽉'이란 한 글자가 붙는다.
'꽉'이 붙는다는 건
흘러내리지 않게 붙든다는 뜻이다.
애써 붙들고 있는
마음을 조금은 풀어주고 싶다.
'꽉'이란 한 글자만이라도
내가 지워줄 수만 있다면
조금씩 조금씩 흘려보내라고
그렇게 말해주고 싶었는데
움켜지다 못해 너무 꽉 조이게 해
터지게 한건 아닌지
움켜진 마음을 놓고
그 손으로 무언가를 잡으려 말고
쫙 핀 손가락 사이로
앞으로 불어올 봄바람을 느끼길
여태껏
충분히 잘 잡고 있었다고
말해주고 싶었는데

우리사용법

선

가까워지면 가까워질수록
흐릿해져가는 우리 사이의 선.
흐릿해져가는 선을 넘으면
우린 같은 편이 되거나
남보다 못한 적이 되기도 한다.
흐릿해져가는 선을
다시 한번 또렷하게 덧칠해야 할 사이가 있고
흔적도 없이 지우고 상대에게 내 모든 걸 바치고
넘어가야 하는 사이도 있다.
덧칠해야 할 선인지
지워야만 할 선인지
이젠 어느 정도 구분할 나이가 되었으니
난 이제 너에게 넘어가 보려고.

대단하면서도 가벼운

그래,
하늘이 정해준 가족 간에도
서로를 이해하지 못해 마음의 문을 잠시
닫고 살 때가 있는데
남과 남이 만나 평생을 같이 묻고 산다는 건
엄청나게 대단한 일인 거야.
서로 맞춰가는 과정 속에서 하나를 내가 버리면
세 개를 얻게 되는 그런 일 아닐까?
나에게 맞춰진 사람은 아무도 없어.
어쩌면 '**결혼**'이란 건 생각보다 가벼운 건지도 몰라
생각보단.

추억은 분명

아직도 인생 드라마 하나를 꼽으라 하면
김선아, 현빈 주연의 '*내 이름은 김삼순*'을 꼽을 수 있다.
특히, 여기 나온 대사 중
삼순이가 희진이한테 한 말인
'*추억은 아무런 힘이 없어요.*'란 대사에 맘이 갔다.
추억을 소중히 하고 중요시하면서도
늘 마음 한켠엔 '*또 무슨 힘이 있나?*'라는 생각을
가지고 살아왔다.
하지만 이제서야,
마음 한켠의 짐을
덜어낼 수 있을 것만 같다.
추억은 힘이 있다. 분명.
단, 나 혼자가 아닌 상대방이 있어야 힘을 낼 수 있다.
내가 가지고 있던 추억과 상대방이 꺼낸 추억이
일치했을 때 주는 그 전율만으로도 힘이 나고
지금 언제라도 일어날 수 있는 다소 불행할 수 있는 상황에도
추억의 힘을 믿고 훗날 웃으며 얘기할 거란 걸
누구보다 잘 알고 있는 상대가 있기에
또 그 힘으로 지금 상황을 충분히 이겨낼 수 있기에
이젠 당당히 말할 수 있다.
너와 내가 함께한 추억은
분명 엄청난 힘이 있다라는 걸.

짝사랑

모두가 좋아하는 사람을
사랑해본 적이 있다.
흔히 말하는 짝사랑.
그 모두에 포함된 작디작은 나
사랑을 넘어 동경에 가까웠던,
나 또한 모든 사람이 사랑해 줬으면 했다.
그 사람에 대한 마음이
질투로 바뀌기 시작하면서부터
그렇게 내 지독했던 짝사랑은 끝이났다.

술

언제부터 술을 고르고 먹었던가,
내가 고른 술이 무엇이 중요하던가
비싸고 값싼 술이 무슨 의미가 있고
술의 나이까지 알아서 뭐 하겠냐고
네가 말했었지.
그냥 나와 함께 술을 먹고 있다는 사실이
나와 같이 나이를 먹어가고 있다는 게
살짝 올라간 너의 텐션과 오히려 술을 먹으면
다운되는 내 텐션의 조화가 너무나 좋다고
말하는 네가 중요한 거지.

못난이 콤플렉스

나랑은 전혀 어울릴 수 없을 것만 같은
네가 가끔 나에게 고백하는 상상을 하곤 해.
잘난 거 하나 없는 내가 누구나 동경하는 너를,
감히 상상하고 고백받는 완벽한 하루를 매일
꿈꾸는거 있지.

낭만

꿈도 열정도 사라진 지금
낭만이라도 지켜야 했다.
허망하지 않게
무력하지 않게
우울하지 않게
좌절하지 않게
네가 없어도
사랑이 없다 해도
너와 내가 함께했던
그 낭만이라도 지켜야겠다.

침묵과 고요

침묵과 고요의 차이.
잘못된 것을 모른척하거나 바로잡는 과정에서
일어나는 정적의 흐름이 침묵이라면,
잘못된 것은 없으나 서로의 기대가 달랐을 때
어찌할 수 없는 답답함에 서로 피하고만 있을 때
너와 나의 거리가 고요 아닐까?
지금,
나와 너는 고요하다.

고백

아무것도 하지 않으면
아무 일도 일어나지 않는다.
지금 내가 바닥 아래로 꺼져있다면
다시 스위치를 켜야 한다.
좋아하는 카페를 가던지,
좋아하는 음악을 듣던지,
좋아하는 마카롱을 먹던지,
좋아하는 그에게 가벼운 안부를 묻는 척 전화를 걸어
전혀 가볍지 않은 나의 진심 가득한 마음을
전한다던지 말이야.

풍선

풍선을 처음 불 때에는 꽤나 많은 힘을 줘야 해.
어느 정도 힘을 주어 불어넣은 바람에 제법 풍선 다운 모양이 만들어졌을 때에는 처음보다는 풍선의 크기를 키우는 게 수월해져. 너와 나의 관계도 처음은 꽤 많은 힘을 줬던 거 같아.
다가가기 위해 노력하고 아껴주고 배려하느라 그렇게 제법 너와 나에서 '우리'라는 말이 어울려졌을 때, 들이는 노력에 비해 빠르게 커지는 우리의 관계에 신이 났나 봐.
점점 커지는 우리를 보니 욕심이 나더라고
좀 더, 조금만 더 커 보이고 싶던 거야.
수월하게 불어도 제법 커질 수 있던 크기 정도만으로 충분히 멋졌는데 말이야. 잣대가 우리가 아니라 남들이 되어버리니 있는 힘껏 '우리'라는 풍선에 바람을 불어넣고 있더라. 언젠가는 터질 거라는 걸 알면서도 점점 커져가는 풍선을 보며 멈출 수 없었던.
너무 크게 불어 매듭조차 매지 못한 채 손에 겨우 잡고 있던 우리를 놓쳐버리거나, 결국 커질 대로 커진 풍선이 '펑' 터지고 마는, 둘 중 하나였던 우리.
놓쳐버린 풍선을 다시 찾으려 했지만 결국,
하늘 높이 올라간 풍선은 터진다는 걸 뒤늦게 알고 후회했던
나 하나로도 부족해 우리도 커 보이고 싶어 했던 내가 마치,
어쨌든 터질 걸 알면서도 있는 힘껏 풍선에 바람을
넣고 있는 내 모습 같더라고.

장소가 주는 힘

장소가 주는 힘이 어마어마하다.
거리마다 온통 행복함만 묻어있는 그런 장소
비록 함께 오진 못했지만 지금 내 뭉클한 마음을
담아 떨리는 손으로 찍은 사진들과 함께 뭉클한 마음을 함께 전하
고 나니 힘이 나더라고.
추억에게 엄청난 큰 힘이 있긴 않지만
순간 뭉클해지는 것만으로 내 맘속 큰 울림이
번지고 그 울림으로 또 열심히 살아가니깐
엄청난 힘이 될지 안될지는 내가 결정하는 거지 뭐.

오래된 옷

오래된 옷에서 꿉꿉한 냄새가 계속 난다.
아무리 빨고 또 빨아봐도 나는 특유의 냄새.
옷이 낡은 것도 아니고 구멍이 난 것도 아닌데
오로지 냄새 때문에 버려야 한다는 게 걸렸다.
나이가 들어도 이놈의 물활론적 사고는 쉽사리
사라지지 않는다.

사람 관계도 오랜된 내 옷 같다는 생각이 들었다.
자연스럽게 멀어지는 사람들.
크게 싸운 것도 아니고 소홀하지도 않았는데 말이야.
오래된 관계에서 오는 꿉꿉함에 지쳤나 봐
그 꿉꿉함으로 관계를 끊기엔 또 허무한

지금 너와 나의 관계는 내 오래된 옷 같아서 슬퍼.

화

화를 내고 있는 표정보다
화를 참고 있는 표정이 어쩔 땐 더 보기 힘들더라.
차라리 화를 나에게 퍼부었으면 했지만,
돌아보니, 조금의 화도 내지 못하게 했더라고.
어쩌다 서로 마주보기도 버거워졌는지.
화가 나는 이유도
그 화를 내지도 못하게 한 이유도 나니깐
화를 참고 있는 퉁한 모습에 내 마음이 불편하단 이유로
그거조차 못하게 하면 정말 뭔가 잘못될 것만 같아서.
그냥 지금 걷고 있는 이 암흑 같은 터널이
와르르 무너져버렸으면 좋겠어.

사계

따뜻하다 못해 뜨겁기도 했고
춥다 못해 차갑기까지 했던
사계절을 보내고 나서야 헤어지는
너희와 난.
몇 번의 사계절이 지나야
지금의 소중함을 알아챌 수 있을까?
가끔, 겨울이 지나 봄을 맞이하는 게
너무나 당연하고 빠른 것만 같아.
겨울이 지나 봄을 맞이하기 전에
서로 보내주는 데 있어
충분한 시간을 갖고 반성도 하면서 조금은 더
가슴에 묻어야 할 시간인 또 다른 계절이 있었으면 좋겠어.
너무나 아무렇지 않게 훅 들어오는 봄은
혹독했던 겨울을 버텨낸 우리에게 너무나 얄밉거든.

여름의 끝자락

하룻밤 사이에 여름이 가버렸다.
서로 혼자만의 덥디 더운 여름을 버티고 버티다
여름의 끝자락에 만나 조심스럽지만
최대한 덤덤하게 서로의 마음을 들여다보고
어루만져 주었다.
외롭게 떠나보낼 줄 만 알았던 여름을
나름대로 아주 잘 배웅해 주고 왔다.
갑자기 차가워진 바람에
마음이 시리지 않길.
혹, 시린 마음이 되더라도
아무 생각 하지 말고 서로를 찾아주길.
그렇게,
하룻밤 사이에 가을이 와버렸다.

썸

지금 당장 만날 수 없는 우리에게
주어진 핸드폰으로 소재를 만들어내고
고갈되어 가는 소재를 어떻게든 붙들며
끝내, 온통 대화 내용이
ㅋㅋㅋㅋㅋㅋㅋㅋㅋㅋㅋㅋㅋㅋㅋㅋㅋㅋㅋ로
가득 채워지더라도 누가 먼저 끝맺지 못해
혹, 상대가 먼저 '*잘 자*'라는 말을 꺼낼까 봐
조마조마하는 게, 썸 아닐까?

비누

갑자기 든 생각인데,
요즘 같은 시국에는 비누를 만들어
선물을 하면 좋을 거 같아.
특히나 네가 좋아하는 시트러스 향을
가득 담아서 말이야. 뽀득뽀득 손을 씻는 20초 동안 나를 떠올릴
수 있게끔.
하루에 수십 번, 일 년이면 수천 번의 20초들이 모여
만들어낸 내 생각들로 헤어 나올 수 없게 말이야.

이름

갖고 싶었던 이름이 있었지
내가 제일 밝은 목소리로 불렀던 네 이름
누군가 나도 그렇게 불러주기를 바랐던
너는 모를 거야, 내가 널 얼마나 좋아했고
또 얼마나 부러워했는지
열등감과 동경심이 동시에 자라나다
어느 순간 열등감이 더 커져 네 이름을 뺏고 싶었던
마음이 내 이름을 덮어버린 그날 이후로
내가 할 수 있는 게 아무것도 없네.
내 이름은 잊어버린 지 오래인데
부르지조차 못하는 네 이름은 참 어지간히도
잊혀지지 않는구나.

환절기

봄에서 여름
여름에서 가을
가을에서 겨울
그리고 다시
겨울에서 봄
시간이 어떻게 가고 있는지
내 나이가 지금 어디쯤인지
지난여름밤에는 누구와 함께였는지
나에게 주어진 하루를 어떻게 쓰고 있는지
점점 무뎌지는 내 시절들
유독, 여름에서 가을로 넘어가는 이 시절에
지독한 감기에 걸리고 만다.
올해는 한 살 더 먹었으니 그냥 조용히 지나가겠지
훌쩍거리기 시작하고 목이 칼칼해진다.
유난히 눈을 많이 비벼 시뻘거진채로 다니는 요즘
아무렇지 않게 환절기에 겪는 감기 증상이 사라지면
가을과 함께 잊고 있었던 네가 다시 내게 온다.
올해는 한 살 더 먹었으니 그냥 조용히 지나가길.

노래

내가 부를 수 있는 노래를
나만 부를 수 있는 노래로
만들기 위해 수없이 불러왔고
그 노래로 참 많은 사람들을
웃게 했고 울게 했던 시간들을 겪다 보니
너에게만 부르고 싶은 노래가
생기더라고.

낭만실조

낭만을 잃어버렸다.
서로를 낭만이라 부르던 우리가
낭만은 아무런 힘이 없다는 걸
알고 나서야 마주한 현실 속에서
낭만보다 더 나약한 추억에 의지하며
하루하루 버티고 또 버텨낸다.
그렇게 나는
낭만실조에 걸렸고
추억은 나를 채우기에 너무나도 힘겹다.

해외여행

어디를 가는 것보다
누구랑 가는 게 중요하다는 이유로
멀리했던
그러던 어느 날
나의 낮에 문득 들어온
너의 밤의 일상들
그렇게 갑자기
누구 못지않게 어디가 중요해졌고
최대한 네 반대편으로 날아가
내가 느끼는 밤을
너의 낮에 선물하고 싶어졌거든.

적당함

그렇게 어딜 가나 친절을 바라면서도
과도한 친절에 나도 모르게 눈살을 찌푸리는 것처럼
적당함이 이토록 어렵고
그 어떤 과함보다 매력적이란 걸 잘 알면서도
가끔,
내가 누군가를 질리게 하는 건 아닌 지란
생각이 들어.

마음

감사한 마음을 간직하지 않고
미안한 마음을 간직하지 않고
꺼내어 건네주는 사람이 좋더라
표현하지 않으면
아무도 모른다.
어쩔 땐 나 자신도 잊혀져 모르게 되더라.
지금 당장 간직한 마음들을
건네주자.
감사한 사람들에게
미안한 사람들에게
그런데,
사랑하는 마음은
나도 잘 모르겠더라
간직하는 게 맞는 건지
건네주는 게 맞는 건지

가위와 실

너와 나 사이
꼬일 대로 꼬여버린 실같은 인연을
다시 풀고 또 풀려고 애쓰다 보니
끝에서는 손쓸 수 없을 만큼 꼬여있더라고.
이제 그만하려고.
가위로 싹_뚝 자른 다음
너라는 실 말고 새로운 실로 다시
나를 잘 짜보려 해.
살다 보니
내 주변에 가위도 있었고
새로운 실도 참 많더라
이제라도 알아서 얼마나 다행인지 몰라.

라라랜드

보고 또 보고,
영화관에서만 다섯 번!
혼자 맨 뒷자리 구석에 앉아
자동차 위에서 뛰어노는 첫 장면부터
현실인지 꿈인지 알 수 없게 끝나는 마지막 장면까지
숨죽여 봤던 그날이 처음이었다.
한번 봤던 영화를 여러 번 보는 이유는
여러 가지가 있겠지만
그중 조금 변태 같은 이유는
이 장면에서 감동받겠지, 하며
조심스레 고개를 돌려 상대의 표정을 보는 게 좋다.
마치 내가 그 장면을 선물한 것 같은 기분이 드니깐.
마치 내가 감동을 준 것만 같아서